AF595955

Autoédition Stephania Myliotou
Rue du Congo 10, 1342 Limelette Belgique
ISBN : 978-2-9603134-1-3
« Le code de la propriété intellectuelle n'autorisant, aux termes des alinéas 2 et 3 de l'article L.122-5, d'une part, que les "copies ou reproductions strictement réservées à l'usage privé du copiste et non destinées à une utilisation collective " et, d'autre part, que les analyses et les courtes citations dans un but d'exemple et d'illustration, " toute représentation ou reproduction intégrale, ou partielle, faite sans le consentement de l'auteur ou de ses ayants droit ou ayants cause, est illicite" (alinéa 1er de l'article L.122-4). Cette représentation ou reproduction, par quelque procédé que ce soit, constituerait donc une contrefaçon sanctionnée par les articles 425 et suivants du Code pénal et par les articles L.335-2 et suivants du code de la propriété intellectuelle. »

LA FAMILLE PEARS

DANS LA PEAU DE REBBECA

TOME 2

MYLIOTOU STEPHANIA

Je souhaite remercier :
Ludovic, Ewelina, Mélina,
Sylvain, Giles, Xavier,
Jean Hasan, Louis,
Halit, Nesrin, Juan, Loukas
Pour ses années passées ensemble.

PROLOGUE

Je me suis enfuie, papa, je sais que tu voudras me tuer…

Je le sais, je te déçois au plus profond de ton être. Je sais aussi que je suis ta préférée et tu ne t'imagines sûrement pas que je suis capable de disparaitre de ta vie. Tu pensais que j'allais rester près de vous, tu étais persuadé que j'allais reprendre le flambeau de la famille et surtout prendre ta place dans le gang des Patouzas. Mais je ne peux nier mon amour et mes sentiments indéfiniment, je suis telle que je suis, je ne suis pas toi et je ne te ressemble pas. Je n'ai jamais voulu de cette vie, elle est loin d'être un rêve étoilé, je subis tes choix au quotidien et je ne peux imaginer poursuivre ainsi. Tu voudrais que je vive pour toi et seulement toi !

Je suis Rebecca Gomez, je ne suis pas Alejandro Gomez. Je ne peux pas vivre ma vie en fonction de toi, je suis désolée. Mes choix te feront vomir, je le sais, tu ne l'accepteras jamais, tu ne peux pas vivre sans moi, mais je ne suis pas née pour assouvir tes pulsions et tes envies.

La vérité, papa, c'est que je n'ai jamais été heureuse. Tes mauvais choix nous ont toujours conduits dans le néant et les problèmes. Avec toi, il n'y a pas de vie tranquille, la mienne n'est que stress et déchirement. Je n'ai jamais eu le temps d'apprécier mon lycée ou mes amis, à peine je commençais à vivre que tu décimais tout sur ton passage. Maman n'a rien fait pour t'arrêter, mais de toute façon, si elle avait osé te contredire, elle aurait fini sous terre il y a bien longtemps et je n'aurais jamais eu de mère. Mon petit frère, Roberto Gomez, est tout ce que j'ai, mais je ne peux rester avec lui, je ne peux me sacrifier pour vous. Je n'ai plus de courage pour tenir encore et encore. Je suis arrivée au bout de ce que je pouvais supporter. Mon cœur est vide depuis longtemps, Je ne réussis plus à comprendre le sens de ma vie auprès de vous et je n'y vois pas de fin. Je n'ai jamais eu aucun espoir vis-à-vis de toi papa, tu brisais mes rêves à chaque fois et je ne peux continuer ainsi…

Je suis tombée amoureuse de Mike Pears. Je sais, c'est un roi et je sais aussi que tu te serais transformé en Punisher si tu l'avais appris. Mais ce n'a pas été le cas, car je l'ai caché et je pars…

Ne m'en veux pas, je resterai une Patouzas quoiqu'il arrive, mais ta manière de vivre ne me correspond plus, je suis une femme libre avant tout.

Désolée, papa, je ne suis pas la fille que tu rêvais d'avoir, mais je suis moi et c'est tout ce qui compte…

Rebecca

CHAPITRE 1

LE DÉMÉNAGEMENT PRÉCIPITÉ

Je suis dans la voiture, la fenêtre ouverte, il fait très beau, le soleil tape sur mon visage, le vent passe entre mes cheveux. J'ai l'impression de voler et de voyager seule. J'essaie que mon esprit s'évade le plus possible pour ne plus supporter la réalité. Je regarde la route sans penser à quoi que ce soit de négatif, seulement, mon père cherche depuis quinze minutes une maudite chanson à la radio et cela m'énerve au plus haut point. Il a encore gâché mon année et celle de mon frère, encore perturbé la vie de ma mère et surtout la mienne. Mon père a une nouvelle fois tué pour les Patouzas, il s'est ramassé une balle dans l'épaule droite… Et qui l'a aidé à l'extraire ? Bah ! C'est toujours Rebecca Gomez ! Il assassine des gens et c'est moi qui dois le soigner ! J'ai essayé de faire un bandage digne de ce nom, mais il saigne un peu plus que d'habitude. Je le vois de là où je suis. Je suis en colère contre lui, je ne le supporte plus, mais je n'ai pas le choix, je suis une Patouzas et je dois faire honneur à notre gang. Presque toute ma famille est morte à cause des règlements de compte, ma vie a toujours tenu sur un fil. J'ai baigné dans les tortures et les meurtres. Super pour une fille de dix-sept ans et je ne parle même pas de mon petit frère de quinze ans. J'ai constamment connu la fuite, dix-sept ans à passer de ville en ville, dix-sept ans que je me sens comme une nomade. Je ne suis attachée à rien, je n'aime personne, je n'ai pas d'amis et je n'ai jamais pu tomber amoureuse, je n'avais pas le temps. Chaque fois que mon père tuait quelqu'un, on partait aussi vite que l'éclair. Il a donné sa vie aux Patouzas, il a tout fait. C'est un homme respecté, il n'est pas le chef, mais il est haut placé dans le gang et, en tant que personne importante, je n'avais pas intérêt à le contredire. Mon travail, c'est de me taire et de soigner mon père quand cela ne va pas. Les Patouzas m'ont appris comment traiter des blessures faites au couteau ou par balle, je sais même coudre sur la peau. J'ai aussi soigné ses amis avec qui il travaillait, j'étais l'ange gardien de la famille et, quoiqu'il arrive, je serai une future tueuse, comme mon père, que je le veuille ou non. C'est cela mon destin, suivre ses traces, tuer et encore tuer, ramasser l'argent et foutre le camp ! On est encore partis comme des voleurs, mais pour la première fois, nous allons vers Los Angeles. Je ne sais pas où nous habiterons, juste que mon père y connaît quelqu'un. Car, oui, il connaît tout le monde ! J'ignore où je vais vivre, mais ce sera à Los Angeles. Je regarde ma mère mettre son rouge à lèvres, tandis que mon frère ronfle à côté de moi. Un vrai décor de départ en vacances. Pour eux, c'est normal d'avoir cette vie mouvementée, elle l'a toujours été, alors, c'est comme ça, point final.

Mais moi, je ne parviens plus à suivre. Jusqu'à maintenant, je ne pensais pas être une fille stable, mais j'en suis arrivée à envier celles de mon âge dans la rue, car elles ont tout ce que je n'ai pas, l'ignorance et la stabilité. C'est aujourd'hui que je réalise que notre vie me rend malheureuse, qu'elle ne me convient pas et que je ne réussis plus à me retrouver. En fait, je ne sais pas qui je suis, je n'ai jamais eu d'amie, je ne peux faire confiance à personne et ça, les Patouzas me l'ont bien fait comprendre. Quand toute votre famille meurt par traîtrise et par règlement de compte, vous réalisez que la confiance est quelque chose qui n'existe pas. Le problème est que, même si je suis malheureuse, ma vie, c'est les Patouzas. Je ne peux ignorer mon destin, je ne peux sortir de là, je suis condamnée depuis ma naissance. Mon sang coule dans mes veines telles un vampire qui ne peut vivre la journée. Mais ce qui me terrifie, c'est d'être malheureuse toute ma vie…

Mon père roule vite et passe de rue en rue jusqu'à arriver au centre de Los Angeles. Mon frère se réveille enfin et cris de joie. C'est vrai que c'est beau, la seule chose que je n'aime pas, c'est que c'est une ville pour les gens superficiels et moi, je suis loin de tout cela. Je ne suis dans aucun réseau social et vu ma super vie, il est préférable de ne rien avoir. Je ne sais pas si je vais m'y faire, mais je n'ai pas le choix. En fait, je ne l'ai jamais. Je vois de l'excitation chez mon père, il va pouvoir repartir de zéro et encore une fois tuer. Et qui sera là pour le secourir ? Vous connaissez déjà la réponse ! Je ne sers qu'à ça, sauver les Patouzas. Certes, nous avons beaucoup d'argent, je ne le nie pas, je ne manque de rien, mais le plus important, je ne l'ai pas et cela, mon père ne peut me le fournir.

Il fait très chaud et mon père a hâte d'arriver dans notre nouvelle maison. Il ne nous a rien dit pour nous faire une surprise, parce que oui, malgré tout, il fait tout pour nous faire rêver. Il peut tuer sans sourciller, mais il se donne à fond pour nous offrir tout le confort possible. J'aime cela chez lui, il fait tout pour nous, je ne peux pas me plaindre. Il essaie de combler le manque, mais aujourd'hui, cela ne me convient plus.

Mon frère et moi regardons par la fenêtre en même temps et nous constatons que mon père rentre dans un petit domaine avec de jolies maisons, des villas quatre façades avec de beaux jardins. Je suis super contente et mon frère aussi, mais je me rends vite compte que les gens qui vivent là sont comme nous. Ce n'est pas que je suis arrogante ou quoi que ce soit, mais je sais qu'ils sont de la même trempe que nous, en vérité ce sont des personnes à problème qui essaient juste de paraître cool et de bonne famille. Sauf que c'est tout le contraire ! Sur le moment, je suis déçue, car je voulais changer d'air et connaître autre chose, j'en ai marre de notre statut de Patouzas, j'ai envie d'apprendre à découvrir des personnes sans soucis, comme des bourgeois, en fait ! Mais voilà… Je vais rentrer dans une nouvelle communauté et devoir m'adapter, encore une fois, à tout cet entourage que je ne veux plus fréquenter.

Quinze minutes plus tard, mon père s'arrête devant une jolie maison, grillage autour, un beau garage et un superbe jardin. Il ne manque plus que le chien pour faire la petite famille parfaite. Sauf qu'elle ne l'est pas !

— Voilà les enfants, nous y sommes ! dit-il avec un grand sourire.

— Waouh ! Papa, tu as fait fort cette fois-ci ! lance mon frère Roberto avec un regard de Peter Pan.

— Jolie maison, papa, le tout est de savoir si on va y rester…

— Oh ! Arrête de te plaindre, Rebecca ! Tu n'es jamais contente ! me gronde mon frère en ouvrant sa portière.

Mon père me jette un sale regard, comme si je pouvais être la suivante sur sa liste. Je déteste quand il me toise ainsi, je dois toujours tout accepter et j'en ai assez ! Alors, pour ne pas me disputer avec lui, je sors de la voiture pour admirer cette foutue maison. Je regarde notre quartier et, c'est confirmé, beaucoup de gens comme nous vivent là, des Latinos, des Africains et des Américains, mais pas du tout de bonnes familles. Nos voisins nous observent tout intrigués de voir qui allait habiter à côté de chez eux, jusqu'à ce que mon père sorte de la voiture. Là, nombre d'entre eux se déplacent pour le saluer. En fait, tout le monde connaît mon père. Même ici, je ne pourrais pas être tranquille ! Je regarde les gens autour de moi jusqu'au moment où un groupe de garçons arrive vers nous. Le meneur, en premier, fier et sûr de lui, pour nous dire bonjour et se présenter. Mon frère est super heureux, il peut enfin rencontrer des personnes comme lui et très rapidement, tandis que moi je pense que je vais avoir du mal à trouver ma place. Le meneur est très beau, peau mate, yeux noirs, beaux cheveux noirs et très épais, c'est un véritable Bad boy, un mec à problème encore une fois, un mec de la même trempe que mon père ! C'est lui le chef de la bande et le pire, c'est qu'il vit juste à côté de chez moi ! Je ne vais pas avoir le choix, je vais me le farcir, à coup sûr ! Il est vrai que je n'ai jamais eu de petit copain, mais si c'est pour avoir le même genre que mon père, non merci ! Mais avant tout, j'aimerais voir un peu qui j'ai en face de moi. Oui, les Patouzas ne sont pas des gens faciles, mais je ne veux pas trop vite juger, car il y a tout de même des gens bien et respectables. Cette bande est des Patouzas, je dois donc faire attention et je dois montrer de quoi je suis capable. Même si je n'ai que dix-sept ans, j'ai un tempérament bien trempé.

— Salut, princesse ! Je m'appelle Matéo, je suis un Patouzas comme toi, je suis content de voir une aussi jolie jeune fille habiter à côté de chez moi ! Je ne risque pas de m'ennuyer désormais ! dit-il en me regardant avec assurance.

— Bonjour. Moi c'est Rebecca et non princesse et si, tu risques follement de t'ennuyer, car je ne suis pas comme les autres filles ! Si tu connais bien mon père, sache qu'à ta place, je parlerais différemment aux filles que je connais à peine !

— Oh que tu es rabat-joie ! Tu ne sais jamais te faire des amis ! Excuse la Matéo, elle ne sait pas s'intégrer ! lance mon frère Roberto devant tout le monde.

— Oh, ne t'inquiète pas pour ça, je sais y faire. Ce n'est pas la première fille difficile que je rencontre dans ma vie ! dit Matéo en me faisant un clin d'œil.

— Je ne suis pas difficile ! C'est juste que je n'ai jamais trouvé de personne qui sache bien parler !

— Oh ! TAIS-TOI ! Tu dois toujours imposer cette mauvaise humeur aux autres ! grogne Roberto en me regardant avec mépris.

Matéo adore nous voir nous disputer et sa bande aussi. Ils rigolent beaucoup et cela m'énerve vraiment, car mon frère a la fâcheuse tendance à faire confiance et à sympathiser avec tout le monde. Il oublie très vite qui on est ! Je ne peux pas faire comme si de rien n'était, notre père tue des gens et moi, je dois sauver cette famille, je ne peux fréquenter n'importe qui et faire confiance aussi rapidement. Mon frère est très naïf, moi, je ne le suis pas et même si nous sommes entre Patouzas, ces gens, je ne les connais pas.

— Ne t'inquiète pas, princesse, on aura tout le temps de se connaître… Tu n'as rien à craindre. Je peux comprendre ta réticence, mais ici, tout le monde se connaît et, quoi qu'il arrive, mes amis et moi sommes là pour vous, on est une grande famille.

Même si mon frère m'a énervée, j'avoue qu'à ce moment précis, Matéo m'a calmée, car il est sincère et ses amis me regardent avec sérieux. Pour lui, je suis sa famille et, même s'il se comporte comme un Bad boy avec moi, au fond il ne joue pas sur ce terrain-là, il est respectueux. Je lui souris. Je veux ajouter quelque chose, mais mon père arrive derrière moi en me serrant dans ses bras.

— Bonjour mes gamins ! J'espère que tout se passe bien pour vous, on aura le temps de faire connaissance, mais là on doit tout décharger. Un camion va arriver dans une heure... Si vous ne faites rien, cela vous dit de venir nous aider ? demande-t-il à Matéo avec sérieux.

— Oui, bien sûr, monsieur Alejandro Gomez ! Je suis tout à vous ! dit Matéo avec un tel respect que j'ai l'impression que mon père est le roi de la Terre.

— Bien ! À tantôt alors ! dit mon père en me prenant par le bras.

Tout le monde le regarde avec fierté, tout le voisinage le vénère, je le vois dans leurs yeux et, à ce moment précis, je me rends compte qu'il n'y a que moi qui ne le regarde pas de cette façon. J'étais foutue, je ne vais pas avoir la vie facile, je n'ai aucun moyen de m'échapper de cette bulle infernale. Je suis en prison, je suis la fille d'Alejandro Gomez, la vie que je rêve d'avoir, même à Los Angeles, je ne l'aurai pas !

Je vois des étoiles dans les yeux de mon père. Les Patouzas lui ont offert cette maison. Il donnera toujours sa vie pour les Patouzas et, même si on n'est pas sûrs d'y rester, la propriété est à son nom, il a même les papiers dans la main. Notre compte en banque, quant à lui, est plein à craquer. Pour quelqu'un qui n'a jamais travaillé de sa vie, il a bien été récompensé par le gang. Contrairement à Roberto, je ne ressens aucune fierté, même si j'essaie de faire semblant et je vois bien que je déçois mon père. Je ne peux l'expliquer… J'ai honte, car sa vie a déteint sur moi, j'ai perdu mon innocence et je ne pourrai plus jamais revenir en arrière.

— Montre un peu plus de joie, s'il te plaît, tu me fais honte, Rebecca ! Je mérite mieux que ton regard de chien battu ! Tu as beau vouloir mieux, ta vie sera la mienne et, quoi que tu fasses, tu feras le sale boulot, comme ton frère au moment venu ! Alors, montre-moi un peu plus de respect sinon tu dormiras dehors ! menace sèchement mon père dans le creux de mon oreille.

Ma salive est du métal tellement j'ai la haine. Avec un peu de peine, je déglutis, je souris à tout le monde, comme si de rien n'était et je joue la comédie comme si mon père était un Dieu vivant !

En entrant dans la maison, mon père ferme la porte. J'ai à peine le temps de regarder le salon et la cuisine qu'en arrivant près des escaliers du hall avec mon frère, mon père déboule sur moi, lève mon t-shirt et me met son couteau favori bien appuyé sur le ventre. Il s'en faut d'un rien qu'il me transperce la peau.

— À partir de maintenant, tu vas me montrer plus de respect, car honnêtement, Rebecca, je ne te supporte plus ! Tu es une petite fille capricieuse et une vraie petite connasse quand tu le veux ! Tu n'es rien du tout, tu m'as bien compris ? Si tu es encore vivante et que tu vis ta petite vie de MERDE, c'est grâce à moi ! Tu vas très vite changer ta façon de faire ! Tout ce que nous avons, c'est grâce à mon travail ! Alors tu la fermes et quand je te demande de sourire, tu le fais ! Si j'exige que tu pleures, tu le fais et si je t'ordonne d'être en colère, tu le fais aussi ! Tant que tu ne te feras pas un nom par toi-même, je ne te respecterai pas, surtout si tu ne me respectes pas ! Tu as compris ? Je suis ton père et tu me dois le respect ! me menace-t-il devant ma mère et mon frère.

Ils me regardent tous les deux comme si j'étais le vilain petit canard. J'ai le mauvais rôle, mais, pour sauver tout le monde, alors là, je suis la meilleure !

— Maria, donne-moi les affaires de secours, car ma fille m'a mal recousu ! Recommence et fait ça mieux ! Je dégouline de partout ! aboie mon père en rangeant son couteau qui m'a légèrement tranché la peau.

Je baisse mon t-shirt et je fais ce qu'il m'a ordonné sans broncher. Dès que j'ai fini, je monte à l'étage avec mon frère pour choisir nos chambres. Dès que je peux trouver un peu de calme, Je m'enferme dans ma nouvelle chambre et je fonds en sanglots.

Je ne peux plus garder cela pour moi. Un père menaçant sa fille avec le couteau avec lequel il a tué tant de gens, est-ce que c'est normal ? Est-ce que je mérite ça ? C'est à cela que se résume ma vie ? Je ne suis rien, en fait ! Je suis une Patouzas, mais que de noms, je n'ai pas de famille. Même Matéo qui n'est que mon voisin me respecte plus que mon propre père ! Comment est-ce possible ? Et après, il me demande d'être fière de lui ? Mais jamais de la vie !

Comment je hais ma vie ! Je rêverais d'être quelqu'un d'autre, rien qu'un seul jour, pour pouvoir voir et vivre autre chose. J'essuie mes dernières larmes, j'ai le cœur brisé, je veux hurler de rage et tout casser, jusqu'à briser les fenêtres de ma chambre. Le temps que je reprenne mes esprits, Matéo est monté. Il est devant la porte de ma chambre, il frappe légèrement pour dire avec douceur.

— Princesse, tu es là ?

CHAPITRE 2

MATÉO, LE VOISIN CHARMANT

J'ouvre la porte de ma chambre et, bizarrement, je suis très heureuse de le voir. Ses amis l'attendent dans l'escalier avec mon frère, ils sont tous habillés décontractés pour nous aider à aménager notre maison. Pour la première fois, grâce à Matéo, je ne me sens pas seule. J'ai même l'impression qu'il me comprend très bien, je pense qu'il vit la même chose que moi.

— Tout se passe bien ? me demande Matéo en me regardant droit dans les yeux.

— Oui, oui, ça va… Merci de nous aider !

— Mais de rien, c'est la famille ! me dit-il en me lançant un clin d'œil.

— C'est parti ! dit mon frère en claquant des mains.

Nous avons passé trois jours, tous ensemble, à ranger toute la maison. Je suis totalement épuisée et mon frère aussi. Je pense surtout que j'en avais assez de passer de maison en maison et même si mon frère ne voulait pas l'admettre, lui aussi. Matéo et ses amis n'avaient pas bronché une seule fois, ils étaient très courageux et très soudés, mon père est content, tout le voisinage nous a aidés à leur manière. C'est très agréable de voir autant de gens autour de soi, de lancer de véritables sourires. Mon frère est le plus heureux du monde. Matéo est très respectueux envers moi, il m'aide à ranger toute ma chambre, il montre de l'intérêt pour tout ce que je possède, il me pose beaucoup de questions. Je vois qu'il s'intéresse vraiment à moi et que c'est sincère. J'ai passé trois jours dans la paix et la sérénité. Il est agréable, je suis super contente de pouvoir côtoyer une personne de mon âge et pas les amis de mon père à longueur de journée. Ma mère est très heureuse et elle aime beaucoup cette maison, elle a tout rangé comme elle le voulait et elle a même pris le temps de tout décorer, pour se sentir réellement chez elle.

Nous sommes samedi et je viens de me lever. Ma mère est déjà debout, elle prépare le déjeuner pour tout le monde. Mon père lit le journal. Je vois qu'il a cicatrisé et qu'il ne saigne plus. J'observe ma famille se comporter comme une famille normale, c'est un mirage pour moi. Même si je suis toujours négative, je n'arrive pas à faire comme eux, je ne réussis jamais à m'installer vraiment quelque part. Je sais que tôt ou tard je devrais me réveiller et foutre le camp comme une voleuse et cette situation ne me convient plus. Je dois trouver une solution pour rester ici et ne plus en bouger. Mais faire quoi ? Le problème, c'est mon père ! Il lit son journal comme s'il était un bon père de famille, comme s'il allait aller travailler comme un bon père américain et apporter de l'argent propre, comme le vrai père que j'ai toujours rêvé d'avoir. La façade de la famille parfaite ne me va plus, ce que je veux, c'est une famille… une vraie famille.

Mon frère me bouscule dans les escaliers, il glisse sur la rampe, tout contents, et atterrit au sol comme Michael Jackson sur ses pieds. Mes parents commencent à rire, je descends les marches avec un petit sourire en coin.

— Alors, ma sœur, es-tu prête pour une bonne balade avec la bande à Matéo ? me demande Roberto, en faisant un clin d'œil à ma mère.

— Euh… Je n'étais pas au courant, mais merci de me prévenir !

— Oh, ne fais pas comme si tu avais des choses à faire ! On déjeune et on bouge de la maison, la bande de Matéo va nous montrer tout le quartier et le centre de Los Angeles ! dit-il, tout souriant devant mon père.

— Intéressant Roberto ! C'est bien mon fils, enregistre tout ce qu'il se passe autour de toi, observe, retiens et apprends surtout, car notre monde est un monde de requins ! dit mon père en écrasant son cigare à mille dollars sur un cendrier en or.

Je déjeune à mon aise, avec ma mère et mon frère, jusqu'à ce que Matéo sonne à notre porte. On entend des voix, c'est assez agité. Mon frère se précipite pour ouvrir. Matéo nous attend avec toute sa bande d'amis, tous bien habillés. Je suis un peu gênée, je ne fais pas le poids face à eux. Mais étonnamment, Matéo s'en fout totalement. Tout ce qu'il veut, c'est passer du temps avec nous. Mon père s'avance vers moi et mon frère, nous donne fièrement deux cents dollars à chacun et nous sortons de la maison en prenant tout ce que l'on peut pour rester la journée dehors.

Deux belles voitures nous attendent, l'une appartient à Matéo et l'autre à un ami à lui. Mon frère court comme un enfant pour rentrer dans celle de Matéo, côté passager. Moi, je n'ai pas d'autre choix que d'aller derrière mon frère, même s'il aurait voulu que je sois près de lui et non derrière lui. Nous démarrons très vite et, pendant deux heures, Matéo nous présente tout le quartier. Je suis très étonnée du nombre de Latinos qu'il y a autour de nous. Je me sens chez moi et mon frère aussi. Je me rends compte que la pauvreté est partout aux États-Unis et que je ne peux vraiment pas me plaindre. J'ai mal au cœur, même si ma famille me fait souffrir, je préfère cela à vivre dehors abandonnée. Il y a beaucoup de gangs, mais le nôtre est le plus dangereux. Je vois nos membres partout dans les rues, je me sens un peu piégée, je n'ai aucun moyen de passer inaperçue ici. Je réalise que je dois faire attention, tout le monde me connaît et surtout, connaît mon père. J'avale ma salive et j'accepte mon sort. Peu importe ce qui doit m'arriver, je dois vivre pour moi et non pour les autres. Je vais essayer de vivre ici et de m'intégrer comme je peux. Je veux avoir une vie sociale, une bonne fois pour toutes.

— Bon les gars, cela vous dit d'aller à Venice Beach ? On fera le centre plus tard ! demande Matéo en me regardant dans le rétroviseur.

— Oh que oui ! J'ai hâte d'y aller ! crie mon frère tout foufou.

Je lance un sourire à Matéo qui comprend tout de suite que c'est OK. Il fonce tel une fusée vers cette superbe plage qui illumine mes yeux sombres. Je peux enfin respirer et vivre ces moments intenses. avec des jeunes de mon âge. Je suis vraiment admirative, car tous les jeunes profitent de la vie à cent à l'heure. Sur la plage, il y a une méga fête latino, j'entends la musique de Jennifer Lopez avec Pitbull au loin, ma chanson préférée.

— Trop cool ! Gare-toi là Matéo, j'ai hâte d'y aller ! dit mon frère en se tortillant dans tous les sens.

Matéo rigole et se gare rapidement comme un professionnel. Nous sortons de la voiture et nous attendons son ami qui se gare près de notre voiture. Nous marchons jusqu'à cette fameuse fête remplie de bouffe et d'alcool. Mon frère et moi sommes comme dans un autre monde, on n'a jamais vu ça, pour nous, c'est quelque chose de dingue.

— Tu viens avec moi, princesse ? me propose gentiment Matéo.

Toute la bande est avec mon frère. Ils se sont tous dispersés en me laissant toute seule avec lui et je me rends compte que nous avons toute la plage rien que pour nous.

— Tu veux manger ou boire quelque chose ? me demande Matéo avec assurance.

— Oui je veux bien !

Il connaît tout le monde. Nous mangeons et buvons jusqu'à ce que nous finissions par prendre une Corona au citron avant d'aller nous promener sur la plage en bavardant.

— J'espère que tu te sens bien avec nous, j'espère vraiment que tu vas aimer Los Angeles, tu vas voir, c'est vraiment bien ici ! Je suis né dans cette ville et je t'avoue que je m'éclate ! Vous êtes une chouette famille même si ton père… dit Matéo en étant mal à l'aise. En fait… On connaît tous ton père et je sais que cela ne va pas entre vous. Un peu comme moi, le mien est un peu en dessous du tien, mais… c'est la même… MERDE, en somme ! continue-t-il avec un peu de haine.

J'étais très étonnée de son honnêteté, moi qui garde tellement de choses pour moi depuis tant d'années. Mon frère ne me comprend jamais, c'est toujours moi la fautive en toutes circonstances !

— Comment as-tu compris qu'avec mon père cela ne va pas ?

— D'un, tu es une Patouzas ! Et de deux, une femme ! Être la fille d'un tueur, cela ne doit pas être facile, surtout que ton père n'est pas n'importe qui ! C'est Alejandro Gomez ! Moi, le mien, il est dans le trafic de drogue dure, donc c'est encore autre chose, on a eu une vie un peu plus stable que la vôtre. Mon père a pu combiner de fausses entreprises pour que nous puissions bien vivre en douce, tu vois ce que je veux dire… Mais toi, cela se remarque que… tu n'es pas heureuse, Rebecca.

Je reste figée, je ne sais plus quoi dire, il l'a vu et il m'a comprise ! Waouh ! Comment se fait-il qu'un voisin me comprenne, mais pas ma mère ni mon frère !

— Non, je ne le suis pas ! Je ne l'ai jamais été et oui, être la fille d'un tueur à gages, ce n'est pas du tout une vie facile. Je n'ai jamais habité quelque part plus d'un an, je n'ai jamais eu d'amis ou de copines… ni de copain, si tu vois ce que je veux dire… En fait, je ne connais rien de la vie, j'aimerais en avoir une stable, comme la tienne. Je t'envie beaucoup, Matéo !

— Si si, je vois très bien ! De toute façon, les enfants des tueurs à gages de notre gang ont une vie mouvementée, Rebecca ! Aucun n'a eu une belle vie, vous avez peut-être plus que nous, mais pour le reste, je ne voudrais pas l'avoir ! Surtout que ton destin est celui de ton père… souligne Matéo en regardant la plage.

— Je sais…

Il me regarde et voit que je suis triste et au plus bas. Réaliser cela quand on n'a que dix-sept ans, surtout pour une fille, c'est assez compliqué.

— De toute façon, tu as encore le temps ! Tu as toute ta vie et, moi aussi, je n'ai que dix-sept ans, comme toi Rebecca. Le gang va encore évoluer jusque-là, notre vie n'est pas figée ! Je vais tout faire pour te montrer mon monde, ma ville et notre lycée !

— Je vois bien qu'il essaie de passer à autre chose. Mais, au fond, je vais être une tueuse à l'âge adulte, je ne ferai jamais d'études, je n'irai jamais nulle part. Je vais devoir vivre auprès de mon père jusqu'à ce qu'il claque pour faire son sale boulot et voilà tout. Mais malgré tout cela, il tente de voir le bon côté des choses et, même si ma vie n'est pas facile, une chose a changé aujourd'hui… J'ai Matéo.

— Je vais au lycée ce lundi avec mon frère, cela me stresse un peu, car on rentre en plein milieu de l'année et je ne connais personne ! Et je t'avoue que me faire des amis, ce n'est pas du tout une partie de plaisir…

— Écoute-moi, je serai là et la bande aussi, tu ne seras jamais toute seule, Rebecca et, tu le sais, dans les lycées, c'est toujours pareil. Nous sommes les rebelles, donc notre place n'est nulle part… Les bourgeois et les rois sont les élèves et nous… ben, nous sommes des gens, dit Matéo en rigolant.

— Je vois, c'est pareil ici, c'est partout comme ça aux États-Unis ! Que je suis bête ! Pourquoi j'espère encore avoir une vie différente ailleurs ?

— Eh oui… Tu feras partie des rebelles, Rebecca. Ici aussi, nous serons toujours en bas et, au final, cela me va bien ! Cela ne me frustre pas du tout, c'est mon destin. Je ne serai jamais comme eux, Rebecca, et toi non plus ! Chacun a sa place et il faut l'accepter, dit Matéo en m'observant avec attention.

Je le regarde et vois bien où il veut en venir. Mais moi, ma vie, je ne l'aime pas et je ne la veux pas ! Lui, il est heureux, même s'il est un Patouzas. Il est content de sa situation familiale et même de son avenir dans le gang ! Mais moi, je hais ma vie, je déteste tout et je rêve d'une vie plus tranquille. Je voudrais avoir celle d'un bourgeois ou d'un roi ! Moi, je rêve intérieurement d'être ces personnes que tout le monde exècre ! Si je devais dire la vérité, je serais brûlée vivante, c'est sûr ! Mais voilà, je ne vais pas me mentir à moi-même, ma vie dans le gang, je ne la veux pas et je ferais tout mon possible pour l'éviter au maximum. Il est vraiment difficile de faire comprendre à quelqu'un, même s'il fait partie du gang, que l'on n'est pas toujours d'accord avec ce qui s'y passe. Je ne veux pas suivre les traces de mon père ! Comment peut-on imaginer cela ? Pourquoi est-il inenvisageable qu'un Patouzas étudie et aille à l'université ? Pourquoi devrions-nous TOUS être de futurs taulards ? En fait, être une Patouzas c'est être condamné. Je suis foutue depuis le départ et, le pire, c'est que je n'ai aucun moyen d'échapper à ce fichu destin !

— Ça va Rebecca ? me demande Matéo un peu intrigué par mon silence.

— Tu as raison Matéo, j'accepte ma vie, je suis une rebelle quoi qu'il arrive ! La seule chose qui me dépasse, ce sont les disputes avec mon père !

— Je comprends ! Mais ne t'inquiète pas, je suis là maintenant ! On va s'entraider. Ce qui compte, c'est que nous soyons une famille !

Nous marchons le long de la plage, je la regarde au loin. J'ai une folle envie de partir et le plus vite possible, j'ai besoin de fuir cette réalité. Matéo est adorable, mais encore une fois, je ne peux pas dire la vérité, je dois encore me cacher. Je pensais vraiment que cette fois-ci, c'était bon pour moi, mais non. Cette réalité-là me rattrape ! Je suis une Patouzas, donc je dois être comme ceci et faire comme cela. Je peux avoir plein d'amis ou une grande famille, dans tous les cas, je serai une tueuse, point à la ligne !

Pourquoi tout le monde réagit-il ainsi ? Pourquoi personne ne se rebelle vraiment contre ce système-là ? Il dirige ma vie, je ne gère rien. En fait, je suis perdue et je prends conscience que je le suis depuis toujours. Quelle hypocrisie ! Matéo ne sera mon ami que si je vais dans son sens. Si je dis la vérité, d'office on me mettra sur le bûcher et c'est mon père qui serait le premier à y mettre le feu.

Nous revenons sur nos pas et nous rejoignons mon frère et les amis de Matéo autour d'un grand feu de camp. Un peu plus loin, il y a une piste de danse. Moi qui adore danser, je la regarde avec des yeux brillants de mille feux.

— Tu veux danser, princesse ?

— Oui, j'aimerais beaucoup…

Matéo est, malgré tout, un gentil garçon. Il fait beaucoup d'efforts pour moi et je sais que je pourrai compter sur lui dans les coups durs. Je suis sûre que lui, il ne me laissera jamais tomber, en tout cas, tant que j'irai dans son sens… En fait, tant que je fais ce que je dois faire, tout le monde sera bien avec moi. C'est ça le plus dur dans ma vie. Pendant que nous dansons, le DJ lance un joli slow latino. Matéo ne perd pas de temps et met son bras autour de ma taille sans se prendre au sérieux. Nous dansons comme si nous étions seuls sur la plage entière.

C'est la première fois de ma vie que je danse un slow avec un garçon. C'est la première fois que, tout simplement, je vis… et mon frère aussi. Ce qui nous arrive est surréaliste. Je profite de chaque instant avec Matéo. Pendant que nous dansons, je regarde les gens autour de nous et je vois des personnes profiter de la vie et de ce moment. C'est cette vie que je veux avoir, des moments comme cela, simples, beaux et sympas, avec un ami, sur une plage.

À la fin de notre slow, Matéo réalise que nous sommes déjà à la fin de l'après-midi et qu'il veut vraiment me montrer le centre de Los Angeles.

— Cela te dit d'aller dans le centre, princesse ?

Mon frère saute de joie. Il a hâte de le voir et surtout les filles ! J'avoue que mon cœur bat très fort. Je n'ai jamais eu autant de liberté, je n'ai jamais pu vivre des moments aussi fluides et imprévisibles. Matéo est un garçon formidable et ses amis aussi. Nous faisons le centre et, ensuite, il roule toute la soirée pour nous montrer les endroits les plus branchés de Los Angeles, les quartiers les plus riches jusqu'aux plus pauvres. Les magasins de luxe à perdre de vue, ce n'est pas pour moi, mais c'est quand même impressionnant. Mon frère ne sait plus où regarder, on dirait qu'il est dans *Charlie et la chocolaterie*. Vers la fin de soirée, Matéo nous amène dans un restaurant branché de Los Angeles où il connaît, encore une fois, tout le monde. Pas habillée pour l'occasion, je suis très gênée. Toutes les filles sont superbes, elles portent toutes des robes haute couture très près du corps et moi, je porte un t-shirt avec un simple jean Levi's. Elles me regardent avec un air supérieur, elles se moquent de moi, je fais tache ! À cet instant, il est vrai que je suis dans la case rebelle, je suis une Patouzas, ce monde-là n'est pas pour moi. Le monde des riches, non merci ! Ce monde de paraître et de matérialisme, ce n'est pas le monde de Rebecca Gomez. Même mon frère n'est pas à l'aise et se demande bien pourquoi Matéo nous a amenés ici…

— Vous n'aimez pas l'endroit ? nous demande Matéo en rigolant avec sa bande d'amis.

Sur le moment, je ne comprends pas et mon frère non plus. Je le regarde d'un air interrogateur.

— Vous vous sentez bien ? nous demande Matéo avec un grand sourire.

— Ben non ! En fait, pourquoi vous riez ? demande mon frère en me regardant comme si c'est ma faute, encore une fois.

— Il faut que vous réalisiez dans quel monde vous vivez ! Ce monde-là est majoritairement le monde des rois. Une fois adultes, ils y viennent manger et chier ! Entre eux, ce sont des rapaces et des requins, ils n'ont ni amis ni famille ! Tout ce qui compte, c'est l'argent et le pouvoir, ils n'ont aucun scrupule et aucun honneur ! Pour ceux qui douteraient de la chance qu'ils ont d'être des Patouzas, cela pourrait leur rafraîchir un peu la mémoire. C'est ça le monde des rois ! dit Matéo en me regardant fixement.

Il sait ! Il n'a pas cru un mot de ce que j'ai dit sur la plage. Il sait que je mentais, il sait tout ! Moi qui pensais mentir pour passer inaperçue, je me trompais ! Il sait que je suis malheureuse, il sait que je ne veux pas tuer, il sait que je ne veux pas suivre la vie de mon père, il sait que je ne veux pas être une Patouzas. Il m'a cernée dès le début, mais il a fait semblant de rien pour ne pas éveiller les soupçons. Sur ce coup-là, il m'a eu ! Il est plus malin que je le pensais. Mon frère me regarde avec de la colère dans les yeux, pour ne pas changer.

— J'ai bien reçu le message ! Cinq sur cinq !

Matéo me regarde avec tendresse en me lançant un clin d'œil.

— Patouzas pour la vie ! dit-il en levant son verre de champagne.

Après cette soirée dans ce beau restaurant, Matéo et ses amis nous raccompagnent à la maison. J'ai reçu une gifle ! Le monde des rois est aussi un monde qui ne me correspond pas… Je ne sais peut-être pas où je vais, du haut de mes dix-sept ans, mais je sais ce que je ne veux pas devenir.

CHAPITRE 3

LE CHAPEAU NOIR

Alejandro Gomez est assis dans sa cuisine fraîchement décorée par sa femme chérie qu'il aime tendrement. Seulement, il passe son temps à la tromper dès qu'elle a le dos tourné, car Alejandro Gomez est en réalité, le plus grand salaud de la famille. D'ailleurs, il ne comprend toujours pas comment sa femme peut l'aimer autant, lui qui n'est pas un ange. Même si elle ne manque de rien, elle doit quand même le supporter, mais cela, lui, il s'en fout largement, tant qu'il a une boniche à la maison, son monde à lui est parfait. Elle lui a fait deux enfants, des enfants qu'il peut manipuler à sa guise pour continuer son sale travail dans le gang des Patouzas. Son but, devenir important et peut-être même devenir le futur chapeau noir dans le gang des Patouzas. Il veut être cet homme-là, le boss, et c'est pour cela qu'il sacrifie tout ce qu'il a pour poser son cul sur le trône de ce gang qu'il admire tant.

Le chapeau noir est celui qui est assis sur le trône du gang des Patouzas. C'est lui le chef pour tout ce qui concerne le gang, c'est lui qui prend les décisions et c'est lui qui donne les ordres. Personne ne doit désobéir au chapeau noir, sinon c'est la mort assurée dans d'atroces souffrances. Personne n'ose dire quoi que ce soit sur lui, ni même le regarder dans les yeux, rares sont ceux qui osent le faire comme Alejandro Gomez. Il a fait beaucoup pour le chapeau noir et c'est l'une des raisons pour lesquelles il a toujours ce qu'il veut, quand il le veut. Être fidèle au chapeau noir, c'est l'assurance que rien ne peut vous arriver. On peut avoir ce que l'on veut, mais, en contrepartie, il faut toujours faire, en temps et en heure, ce que le chapeau noir ordonne. Mais bon, pour lui, cela n'a jamais été difficile à faire et c'est bien pour cela qu'il est le seul à ne jamais avoir peur du chapeau noir, et même à avoir hâte de le voir. Là, il est assis tranquillement dans sa cuisine en train de fumer son cigare en lisant le journal, comme s'il avait quelque chose à faire des nouvelles de sa ville et du monde entier… Il aime se donner un genre qu'il n'a pas. Il est tranquillement en train de boire son café quand quelqu'un sonne et ouvre la porte d'entrée comme s'il était chez lui. Alejandro Gomez sait qui c'est, bien évidemment. Il boit son café face à la télévision qui diffuse des tests d'achats bidon. À côté de lui, son arme.

— Heureux de te revoir à Los Angeles ! dit un homme avec une veste en cuir noir et une longue moustache.

C'est Ricardo Garcia. Lui, ce n'est pas n'importe qui, c'est celui qui est en dessous du chapeau noir, c'est lui qui vérifie que toutes les missions se passent comme prévu. S'il y a un problème avec lui, il y en a un avec le chapeau noir. On ne peut pas faire le malin avec cet homme. Ricardo est aussi dangereux que le boss et c'est un très bon ami d'Alejandro Gomez, il est très respecté et il est même heureux de le voir là, dans sa cuisine.

— Merci ! Je suis content de te voir, mon ami, cela fait trois ans maintenant ! Tu veux quelque chose à boire ? Maria vient de faire du café !

— Non merci, Alejandro ! C'est très gentil ! Je peux m'asseoir ?

— Bien sûr, viens ! Tu veux un cigare ?

— Non merci, ça ira…

Ricardo Garcia regarde la cuisine et s'assied tranquillement comme s'il était chez lui.

— Tu sais pourquoi je suis ici ?

— Je suppose, dis-moi tout !

— Le chapeau noir est très fier de toi ! Tu as fait du très bon travail ! Tes meurtres sont remarquables, Alejandro. Tu es le meilleur que nous ayons eu jusqu'ici. Nous avons de bons tueurs à gages encore dans d'autres états aux États-Unis, mais toi, c'est vraiment impressionnant. Tu fais tout ce que l'on te demande, tu donnes ta vie pour le gang. Ce n'est pas tous les jours que le chapeau noir fait cela, mais tu le mérites ! dit Ricardo Garcia avec fierté.

Alejandro Gomez ne sait pas où se mettre, il n'est pas habitué à recevoir autant d'éloges. Il fait ce qu'il peut pour le gang, mais de là à ce que le chapeau noir soit fier de lui, c'est quelque chose qui le dépasse totalement.

— Ah bon ? Tu sais, je fais mon travail, rien de plus…

— Ton travail est parfait. C'est pour cela que je voudrais que tu viennes avec moi pour voir le chapeau noir, si tu le permets ?

— Pardon ? Là ? Tout de suite ? demande Alejandro avec de gros yeux.

— Oui, oui ! tout de suite, dit Ricardo, sûr de lui.

— OK, j'arrive !

Alejandro Gomez éteint immédiatement son cigare, il prend son arme à feu, la range dans son dos et va dans sa chambre à coucher pour s'habiller pour l'occasion. Il ne va sûrement pas se présenter comme un clochard devant le plus grand boss de tous les temps. Il met son plus beau costume, y glisse son arme et se parfume. Il ressemble à Don Corleone, mais il se sent bien comme cela. Une fois qu'il est sûr de lui, il descend les escaliers et arrive dans la cuisine le cœur battant comme jamais.

— Waouh ! Dis donc, tu as fait fort ! Allez, viens ! Pas de temps à perdre, mon ami ! dit Ricardo en remettant la chaise en dessous de la table de la cuisine.

Une belle berline noire les attend devant la maison. Ricardo lui ouvre la portière avec respect. Alejandro Gomez est le plus heureux du monde, il a le cœur qui s'emballe, il a même des papillons dans le ventre. Dans sa tête, il a huit ans, il oublie juste qu'il est l'un des plus grands tueurs du gang des Patouzas. Mais, ce qu'il lui importe le plus, c'est de voir le chapeau noir. Sur la route, Ricardo et lui discutent des prochaines missions et de tout ce qu'ils vont faire pour le chapeau noir dans les années à venir.

— Pourquoi Los Angeles ? demande Ricardo en regardant la route.

— J'avais envie d'évasion ! Et puis j'avais envie de m'amuser un peu, je ne suis pas si vieux. Ma femme est sympa, mais une petite jeunette ou deux ne me ferait pas de mal, si tu vois ce que je veux dire… dit Alejandro Gomez en plaisantant.

— Tu as tout à fait raison, mon ami, tu le mérites. Tu trouveras ton bonheur, tu verras, je trompe la mienne tous les soirs, alors ne t'inquiète pas, tu vas retrouver ta jeunesse ici ! dit Ricardo avec un très grand sourire.

— Ce qui compte le plus, ce sont mes missions et les femmes, le reste m'importe peu. Je veux juste que mes enfants suivent ma trace et le reste sera bouclé comme je le veux, dit Alejandro sans scrupule.

— Je vois, je vois ! Tout un programme, dis-moi ! Tant que les missions se déroulent comme prévu, tu auras toujours ce que tu désires, Alejandro. Je pense que tu le sais.

— Bien sûr. J'ai toujours pu faire confiance au chapeau noir et à toi aussi d'ailleurs, depuis le temps ! Est-ce qu'il y a eu des traîtres ?

— Oh, bien sûr que oui, pas autant qu'avant… Il y en a encore un pendu à côté du chapeau noir. On est arrivés, tu le verras par toi-même… dit Ricardo en ouvrant sa portière.

La berline noire s'est arrêtée devant un grand entrepôt. Il est immense et surveillé par des agents de sécurité armés jusqu'au cou, avec chiens de garde prêts à bondir sur eux.

— Voilà la maison ! dit Ricardo en regardant l'entrepôt avec fierté.

Alejandro Gomez est impressionné par l'endroit, il n'est encore jamais venu ici, c'est la première fois qu'il va voir le trône du chapeau noir à Los Angeles.

Il sort de la berline et s'avance avec Ricardo jusqu'à l'entrée. Il essaie de regarder autour de lui, c'est bien un nouvel entrepôt, loin de tous les regards indiscrets. Quand il arrive à l'entrée, deux agents latinos exhibent leurs muscles et leurs armes en main, seulement, ils ne savent pas qui ils ont en face d'eux.

— Calmez-vous et redescendez. Cette fois-ci, vous avez Alejandro Gomez devant vous, alors laissez-le entrer ! dit Ricardo embêté.

Les deux agents avalent leur salive et se rangent sur le côté sans lever les yeux sur Alejandro Gomez. Lorsqu'ils entrent dans l'entrepôt, Un grand couloir bordé de portes s'étend devant eux..

— Ah ces gardes ! Ils se croient toujours invincibles ! Je m'excuse encore… Je te laisse admirer notre chef-d'œuvre, Alejandro ! dit Ricardo avec assurance.

Chaque pièce est vitrée, les portes sont en fer massif et, devant chacune d'elles, se tiennent au moins deux agents armés du chapeau noir. On peut voir des femmes nues préparer la cocaïne, des hommes astiquer les armes, compter l'argent sale ou encore torturer quelqu'un susceptible de communiquer des informations intéressantes. Dans ce long couloir, Alejandro est au paradis, c'est ça son monde et son rêve est de le gouverner. Il passe de porte en porte en souriant, il est très heureux de voir que Los Angeles est peut-être la dernière ville où il va résider. Il est sûr d'y rester pour de bon.

— Je suis agréablement impressionné par la grandeur de l'entrepôt. Je vois que tout est bien organisé ici, rien n'échappe à ta surveillance et à celle du chapeau noir !

— Oh oui, une fois que tu rentres ici, tu n'en sors plus, mon ami ! dit Ricardo avec sadisme.

Arrivé au bout du couloir, Ricardo ouvre une grande porte en fer. Alejandro Gomez pénètre dans le hangar et il est stupéfait par sa grandeur. Beaucoup d'agents surveillent les lieux. Il y a un grand bar avec des femmes et des hommes qui discutent, des tables de billard, une grande scène avec des stripteaseuses en train de danser. En gros, tout ce qui peut occuper les Patouzas est là. Tout ce qu'Alejandro veut est là, devant lui. Il est dans son élément, rien ne peut lui faire regretter d'être venu. Tout le monde lui serre la main avec admiration, heureux de rencontrer le fameux Alejandro Gomez, de voir en face celui que personne n'avait jamais vu. Il en impressionne plus d'un.

— Bon, les enfants, ce n'est pas tout ça, mais on a des choses à faire… dis Ricardo avec le sourire.

— Allez, viens, Alejandro !

— Amuse-toi bien ! dit le dernier homme qui lui a serré la main en levant son verre de whisky.

Tous rient aux éclats en regardant Alejandro partir avec Ricardo vers une autre porte sombre gardée par deux agents armés.

Les deux marchent en silence. Cette fois-ci, Ricardo ne plaisante plus, son sérieux réveillerait les morts. Alejandro Gomez va enfin voir son boss. Ils continuent dans un long couloir plein de miroirs et surveillé par vingt agents armés lourdement armés. Alejandro Gomez réalise que l'entrepôt est très sécurisé, personne ne peut en sortir, c'est rempli d'agents. Il rêve d'une protection pareille et il ferait tout pour être le chapeau noir. Au bout du couloir, une porte blindée dont Ricardo fait le code limite en fermant les yeux. Il ouvre la porte.

Le chapeau noir est vieux, ses cheveux lui arrivant jusqu'aux épaules sont teints en noir corbeau, il a la peau mate, son visage est tatoué, cachant à peine une balafre sur l'œil droit et beaucoup de cicatrices et ses yeux sont aussi noirs qu'une chauve-souris. Il porte un costume noir en velours, une chemise blanche et, bien évidemment, son fameux chapeau noir. Pour compléter le tableau, un regard aussi noir que ses vêtements, deux paires de boucles d'oreilles en argent en forme de tête de mort et de grosses bagues, elles aussi en argent, à tous les doigts, sauf à celui qui lui manque à la main droite. Il fume son cigare comme si de rien n'était pendant qu'une prostituée lui fait une fellation.

Alejandro Gomez est assez surpris du spectacle. Il n'imaginait pas voir cela, surtout pas maintenant et pourtant, c'est bien le cas. Le chapeau noir montre une fois de plus son sang-froid et sa puissance devant lui. Trois prostituées encerclent son trône en argent, surélevé et incrusté de fusils. Le chapeau noir est ailleurs, perdu dans ses pensées. Autour de lui, deux agents armés et d'autres hommes importants sirotent un whisky avec d'autres prostituées. Entouré des meilleurs tueurs et de femmes, de petites vertus, le chapeau noir ne peut pas s'ennuyer. La pièce est sombre, un morceau de musique classique en fond sonore et une odeur d'encens donnent un côté magique à la scène. Ce qui impressionne le plus Alejandro Gomez est le traître pendu à côté du chapeau noir. La flaque de sang sur le sol lui fait penser que cet homme a dû passer un sale quart d'heure.

— Bonjour, maître. Voilà votre fidèle tueur ! dit Ricardo en me montrant au chapeau noir.

Cette dernière balance violemment la tête de la prostituée en arrière. Elle se fracasse le crâne sur les escaliers, du sang coule et elle meurt devant Ricardo et Alejandro Gomez.

— Une de perdue, dix de retrouvées ! De toute façon, elle suçait mal ! dit le chapeau noir en se rhabillant sans gêne devant les deux hommes avant d'allumer un cigare.

— Vous les filles, nettoyez-moi ça et cassez-vous tout de suite ! Les affaires reprennent !

Les deux prostituées se regardent, terrorisées et font exactement ce que le chapeau noir leur a demandé. Une fois le nettoyage terminé, elles lui font une révérence et partent vers une autre porte sécurisée par deux agents.

— Bonjour Alejandro est encore désolé pour ce désagrément. Je ne trouve plus une seule femme capable de me satisfaire ! Je suis très heureux de t'avoir parmi nous.

— Le plaisir est pour moi, chapeau noir ! dit Alejandro en allant vers lui pour, comme tout le monde le fait, lui baiser la main.

— Il est hors de question que tu t'abaisses devant moi ! Tu es l'homme le plus important que je connaisse ! dit le chapeau noir surpris.

— Je ne suis qu'un tueur, je fais ce que l'on me demande de faire, rien de plus ! Maître…

— Tu es bien plus que cela ! Ceux que tu vois autour de moi, ce sont des tueurs. ! Mais toi, tu es fidèle, tu es même… un ami ! dit le chapeau noir avec fermeté.

Ricardo n'en revient pas ! Il est vrai qu'il en a fait beaucoup, mais de là à ce que le chapeau noir dise qu'il est un fidèle ami…

— Je ne sais pas où me mettre, mon maître. Je n'arrive pas à croire ce que vous dites ! Je vous remercie pour tout cela ! dit Alejandro Gomez, les larmes aux yeux.

— Mais de rien, mon ami. Je tiens à te récompenser pour tous les meurtres réussis que tu as accomplis pour moi durant toutes ces années, sans broncher et sans poser de questions. Tu es passé de ville en ville avec ta famille sans te plaindre une seule fois. Tu as fait preuve de sagesse et de patience, tu as été fidèle à mes décisions, c'est pour cela que je tiens à te récompenser ! Tu peux disposer et s'il te plaît, essaies de profiter comme il se doit ! lance le chapeau noir avec le sourire.

Deux prostituées bien foutues arrivent près d'Alejandro Gomez. Elles sont son type, latinos, gros seins et grosses fesses, jeunes et très jolies. L'une d'entre elles lui touche le sexe, tandis que l'autre lui caresse les fesses. Il ne sait plus où donner de la tête, la seule chose à laquelle il pense est qu'il est l'homme le plus heureux du monde et que son sacrifice a payé.

Les deux femmes l'amènent dans un autre long couloir aux murs de couleur noire et aux lampes fluorescentes rose et jaunes accrochés un peu partout. Cet endroit est clairement le bordel des Patouzas, on y entend une belle musique classique tandis que des hommes jouissent sans gêne dans chaque pièce. Alejandro Gomez pense qu'il ne peut même pas baiser tranquille, car même ici, il y a des agents qui sécurisent chaque porte. Toutes les pièces sont au complet, il se demande bien où ces femmes l'emmènent, sans finalement plus s'en préoccuper que cela. Il a confiance, car à son passage, chaque agent lui fait un signe de la tête. Il est en confiance. Ce moment intime avec de nouvelles femmes, il le mérite bien ! Les deux prostituées trouvent une chambre, ils y entrent tranquillement tous les trois. Les deux agents lui font un signe de respect et ferment la porte à clé. La chambre est très belle, un grand lit où on peut facilement dormir à trois ou quatre occupe la pièce et le plafond est un gigantesque miroir, on dirait carrément un sex-shop. Alejandro Gomez va pouvoir assouvir tous ses fantasmes les plus inavoués, il va pouvoir se lâcher, car, maintenant, il en a les moyens. Avant, rien de cela ne pouvait être possible, car même s'il allait souvent voir les prostituées, à cause des tueurs qui pouvaient lui tendre un piège et le tuer pendant l'acte, il n'était jamais vraiment tranquille. Alejandro Gomez est un homme qui ne fais confiance à personne, mais cette fois-ci, il peut se lâcher.

— Nous avons la journée, les filles, montrez-moi ce que vous avez dans le ventre ! lance Alejandro Gomez en se jetant sur le gigantesque lit bien douillet.

— Nous ferons ce que tu désires, Alejandro. Tu es le champion des Patouzas, tout le monde a déjà entendu parler de toi ! dit l'une des prostituées en se mouillant les lèvres.

— Je vous attends…

Elles sautent sur lui, le déshabillent et lui font toutes les deux une fellation qu'Alejandro n'oubliera jamais. Il est en extase, il est le roi du monde. Il baise pendant des heures et épuise les deux femmes jusqu'à s'endormir, tel un gros porc, sur le gigantesque lit bien douillet des Patouzas…

Le chapeau noir discute avec Ricardo. Il a la tête dans les nuages, il est vraiment content qu'Alejandro Gomez soit parmi eux. Il pourra désormais s'occuper de missions que lui seul peut accomplir.

— Nous avons de la chance Ricardo, nous allons pouvoir passer aux choses sérieuses ! dit le chapeau noir en fumant son cigare.

— Oh oui, maître, je n'en doute pas une seule seconde. Après sa partie de jambe en l'air, nous allons pouvoir discuter de sa future mission. Mais après tout, laissons-lui le temps de profiter, chaque chose en son temps…

— Tu as bien raison, Ricardo ! Il faut aussi laisser place aux bonnes choses !

Deux agents arrivent avec un homme bien amoché et le balancent devant le trône du chapeau noir.

— Encore un homme qui ne sert à rien… lance ce dernier avec déception.

— On n'a rien pu en tirer, maître. Il a juste été là au mauvais moment ! répond l'agent qui ne sait plus quoi dire.

— Pendez-le ! grogne le chapeau noir très irrité.

Les deux agents s'exécutent et pendent l'homme à côté de celui déjà mort depuis des heures.

— Nooon, s'il vous plaît ! Je ne sais pas de quoi vous voulez parler ! Je suis INNOCENT !

— Oh ta gueule ! lance le chapeau noir en lui tirant une balle dans la tête.

— Pendez-le quand même ! Il fera une petite décoration de plus. J'ai besoin de calme, allez, dégagez ! Ricardo prend ta journée, demain est un autre jour…

— Merci, maître.

Le chapeau noir fume son cigare en pensant à sa mission pendant que deux prostituées lui font une fellation, encore et encore…

CHAPITRE 4

MA RENTRÉE AU BEAU MILIEU DE L'ANNÉE

Le réveil sonne.

J'ai le cœur qui bat très fort, j'ai l'impression qu'il va sortir de ma poitrine. En fait, j'ai peur ! Je ne sais pas pourquoi, car, avec mon frère, nous ne cessons d'arriver dans n'importe quel lycée au beau milieu de l'année. Mais là…

Je pense que je ne me suis jamais attachée à une ville bien précise, il est même très rare que je noue des liens avec les gens qui m'entourent, tout simplement, mais là… J'aime Los Angeles et j'apprécie beaucoup Matéo. J'ai enfin un ami et surtout quelqu'un qui est comme moi, qui vient de mon monde à moi et avec qui je m'entends bien. Je n'ai pas envie de m'en aller et j'espère vraiment que cette fois-ci, je ne partirai pas.. Peu importe ce que mon père aura comme mission, j'en ai assez.

Je me lève, déterminée et mon frère, comme à son habitude, ouvre la porte de ma chambre sans aucune pudeur.

— Alors, princesse ? Tu es prête à voir ton chéri dans ton nouveau lycée ?

— Arrête, Roberto ! Ne commence pas dès le matin ! Laisse-moi me préparer !

— Oh ! Tu vas avoir tes règles ou quoi ? Tu es chiante dès le matin !

— Oui, oui… Allez ! Laisse-moi !

— Tu stresses ma sœur ? dit-il avec ironie en fermant la porte sans me laisser le temps de répondre.

Qu'est-ce qu'il m'énerve quand il le veut, il ne sait pas me laisser tranquille ne serait-ce qu'une journée…

Je prends le temps de me maquiller et de lisser mes longs cheveux, je finis par me parfumer, je prends mon sac et descends à la cuisine pour manger, car je meurs de faim. Pour la première fois, je suis très heureuse d'aller au lycée, mon frère n'arrête pas de m'embêter. Mon père fume son cigare en regardant son journal, comme à son habitude. Il est dans son petit monde, je dirais même qu'il paraît apaisé, et ça aussi, c'est rare. Finalement, cette ville nous rend heureux et je pense que c'est réellement un nouveau départ pour nous. Maman cuisine en chantant et je vois l'horloge avancer à la vitesse de l'éclair, jusqu'à ce que quelqu'un sonne à notre porte.

— C'est Matéo ! Il va vous déposer, j'ai quelque chose à faire ce matin ! annonce mon père en me regardant par-dessus son journal.

Mon frère lance un youpi et nous nous levons de table. Nous embrassons nos parents et sortons de la maison. Matéo et tous ses amis sont là à nous attendre. Mon frère et moi montons dans la voiture de Matéo, direction le lycée de *Liberty* de Los Angeles. Je sors de sa voiture et je peux enfin voir mon bahut. Je suis impressionnée et en même temps intriguée, c'est la première fois que je me demande si je vais aimer ce lycée et y être heureuse. Il y a du monde, je ne veux pas le montrer, mais j'ai la trouille… Je ne sais pas pourquoi. Je suis en admiration devant ce lycée, avec ses grands arbres tout autour et le soleil, il est magnifique. Mon Dieu que c'est beau, je n'ai jamais rien vu de pareil, j'ai l'impression d'être au paradis ! Je ne me suis jamais sentie autant en sécurité, et pourtant, des lycées, j'en ai fait beaucoup, mais celui-là est à couper le souffle.

— Vous êtes prêt ? nous demande Matéo, en me regardant avec confiance.

— Oh que oui, mon frère. On y va ! dit Roberto avec le sourire.

Nous nous avançons tous ensemble, je remarque des jeunes comme moi devant le lycée en train de discuter, il y a de tout, des rebelles, des bourgeois et des rois. Tout est toujours pareil, mais je ne suis plus seule, je suis avec Matéo et ses amis et cela change tout. Il prend le temps de me présenter son lycée, même si je sais plus ou moins à quoi m'attendre. Cette école est sublime, je ne mérite pas d'être là tellement c'est beau. La sonnerie retentit et Matéo nous amène, mon frère et moi, devant le secrétariat pour que nous sachions quoi faire et où aller…

C'est là que mon stress commence à monter. La secrétaire est très gentille, elle me donne une feuille avec la grille horaire de mes cours et des classes où je suis supposée aller. Mon frère reçoit la même, il est tout content. La secrétaire prend le temps de nous expliquer que notre inscription a été payée pour le reste de l'année, en une seule fois, et que tous nos résultats avaient été transférés de notre ancien lycée. Il n'y a donc rien d'autre à faire à part profiter d'une bonne fin d'année ici. Cela s'est passé comme une lettre à la poste et ça, je sais que c'est grâce à notre père, nous avons toujours des faveurs et des privilèges grâce à son argent sale. Je suis assez gênée, car j'ai l'impression de n'avoir aucun mérite et d'obtenir les choses trop facilement grâce à ça. Mais c'est ainsi, il a fait le nécessaire et je dois l'accepter, comme d'habitude. Pour lui, c'est ça l'amour, il fait tout pour noyer le poisson et faire oublier tout le mal qui se cache derrière.

Mon local est le deux cent deux, j'ai les mains qui tremblent. Mon frère est parti de son côté en me faisant la bise. Lui, il est bien à l'aise, mais moi, je ne sais pas ce qu'il m'arrive, j'ai le trac. D'un seul coup, je me retrouve dans un lycée calme, tous les élèves sont rentrés en classe et moi, je suis là, toute seule, à regarder les mouches voler. J'ai le papier en main, mon sac à dos, moi qui ai pourtant l'habitude de changer de vie aussi rapidement qu'une étoile filante.

J'ouvre la porte du local deux cent deux et je vois ma classe pour la première fois. La professeure et les élèves me regardent avec étonnement. Ils ne sont pas surpris de ma venue, ils savaient tous que la nouvelle élève rebelle allait arriver, ils le sont de ma beauté. Ils sont en admiration devant moi, ils ne s'attendaient pas du tout à une rebelle comme moi. Je ne suis pas une fille qui cherche absolument la reconnaissance, avec mon père j'ai un bon professeur, mais je n'ai pas de complexe d'infériorité. Je suis bien dans mes baskets, même si je souffre et que je fais tout pour le cacher.

— Bonjour Rebecca Gomez ! Tu es en retard, ma grande ! Viens à moi, s'il te plaît ! me demande la professeure en allant vers son bureau pour chercher un papier.

Je m'avance vers elle en regardant tous les élèves de la classe me scruter comme un diamant brut. Elle ouvre son armoire et me donne un cahier blanc et bleu.

— Voilà ton nouveau journal de classe, tu es en cours de français. Je m'appelle madame Neve et je suis ton titulaire. Pour ce qui est des cours, tu demanderas à Mikilna et Tonio, ils te donneront tout ce qu'il faut pour que tu puisses t'intégrer et te mettre à jour.

Elle me montre les deux élèves et j'ai immédiatement su qu'ils allaient être mes amis. Ce sont des rebelles joyeux et extravertis, tout ce qu'il me faut pour sortir de ma gêne incompréhensible. Madame Neve me demande de m'asseoir à côté de

Tonio qui m'adresse un sourire sincère. À ce moment, un roi ouvre la bouche en plein milieu de la classe.

— Dites donc madame, c'est dans le règlement de l'école de prendre des chiens errants en plein milieu de l'année ?

Sur le moment, je ne sais pas quoi dire, je suis bouche bée et mal à l'aise, car je ne m'y attendais pas. Madame Neve est tout aussi surprise. Un blanc s'installe dans la classe.

— Je me demande bien ce que ses parents ont fait pour qu'elle vienne en plein milieu d'une année… Ceci dit, vous les rebelles, vous n'avez rien dans la vie, ce n'est donc pas étonnant, un chien errant comme tous les autres, dit un roi en souriant avec arrogance tandis que d'autres rois et bourgeois rigolent autour de lui.

En observant la scène, je note que c'est lui le meneur, il n'y a pas de doute là-dessus. Et là, moi qui aie vécu des choses horribles dans ma vie, je n'arrive pas à dire quoi que ce soit !

— Ta gueule, Wilson ! On ne t'a pas sonné, je crois ! Depuis quand nos vies t'intéressent ? Si elle te dérange tant, tu n'as qu'à changer de lycée, tu ne nous manqueras pas, crois-moi ! grogne Tonio en prenant ma défense.

— Oh voilà ! L'autre toutou protège les siens ! Oh, mais que c'est mignon… Je crois que ta cher et tendre est bien assez grande pour l'ouvrir, tu ne crois pas Tonio ? Mais peut-être que c'est pour enfin pouvoir sortir avec une fille ! Vu ton désert sentimental ! lance Wilson, telle une fléchette sur sa cible.

Toute la classe commence à rire aux éclats. Madame Neve adresse un léger sourire à Wilson et à tous les rois, comme s'ils avaient le droit de se moquer des autres.

— Tu es peut-être fort dans le lycée, Wilson, mais tu ne sais jamais ce qui t'attend en dehors du bahut, petit riche de merde !

— Ce sont des menaces, Tonio ? Nous avons un témoin et même plus ! Fais très attention à ce que tu dis ! Tu ne sais pas qui je suis ! Perdre ton année pour un chien errant n'est pas très intelligent de ta part, Tonio ! Réfléchis un petit peu, s'il te plaît ! réplique Wilson en croisant les bras avec fierté.

Ce que dit ce roi me fait très mal au cœur. Je ne peux plus laisser ce garçon qui me défend sans me connaître se faire enterrer vivant à cause de moi, je ne mérite pas tant d'attention.

— Comment t'appelles-tu ? Je demande en me retournant et en le regardant droit dans les yeux.

— Je m'appelle Matthew Wilson, ma jolie. Il est temps que tu te réveilles, dis donc, tu as mis du temps ! dit-il en ouvrant les jambes et en mettant les mains dans ses poches avec un grand sourire charmeur.

— Moi c'est Rebecca Gomez. Je suis peut-être nouvelle, mais je ne suis pas soumise à qui que ce soit ! Je suis bien un chien errant et si tu connaissais ma vie, tu la fermerais et tu écouterais le cours de madame Neve ! Et comme dit Tonio, au lycée, tu es peut-être protégé, mais en dehors, tu ne peux pas dire avec certitude que tu vas rentrer chez toi ! Tu sais, notre place au lycée, on s'en fout un peu, mon cher ami ! Moi, je n'ai peur de rien et encore moins d'un gamin qui passe son temps à monter sur ses grands chevaux ! Un conseil, méfie-toi toujours de celui qui est à côté de toi ! Sur ce, laisse-moi tranquille et ferme-la !

Je me retourne et je fixe madame Neve avec sévérité.

— Vous pouvez reprendre votre cours, madame ! Je ne veux pas déranger votre heure de cours si précieuse à vous et à vos élèves préférés !

Madame Neve met un doigt sur sa bouche en visant Matthew Wilson qui veut répliquer. Il est rouge de rage de ne pas pouvoir me répondre, car c'est la bagarre qu'il cherche.

La sonnerie retentit, je prends rapidement mon journal de classe et je sors sans regarder qui que ce soit, les larmes aux yeux. Je fonce dans le couloir pour trouver les toilettes des rebelles. J'y entre pour évacuer ma colère en tapant sur tout ce qui me passe sous la main. Je pleure de rage, car c'est tout ce que je ne veux pas, je souhaite être heureuse, enfin vivre normalement, mais ce n'est jamais possible aux États-Unis, c'est toujours la même chose ! Rois, bourgeois et rebelles ! Toujours la même hiérarchie de merde ! Je ne réussis pas à m'y faire, j'ai juste hâte que mes années de lycée se terminent. Pourquoi personne ne réagit normalement ? Pourquoi nous mettre toujours dans des cases ? Pourquoi dois-je toujours souffrir ?

Pourquoi tout le monde ne s'entendrait pas ? Pourquoi dois-je suivre les traces de mon père ? Est-ce une fatalité pour moi ?

Je m'assieds par terre dans l'une des toilettes, j'ai balancé mon journal de classe près des éviers et je le regarde me faire de l'œil. C'est mon lycée maintenant et, de toute façon, ma vie de rebelle a toujours été ainsi ! Je vois les toilettes très abîmées par les élèves, il y a des inscriptions et des dessins partout, de toutes les couleurs, autant sur les murs que sur les portes. Il y a des mégots de cigarettes sur les éviers et même dans les toilettes. Cela me dégoûte, c'est plus une porcherie que des toilettes de lycée chic et bourgeois vu de l'extérieur. Comme quoi les apparences sont souvent trompeuses.

J'essaie de reprendre mes esprits. Même si ma vie n'a jamais été facile, finalement, je m'en suis toujours sortie… sauf que là, j'arrive à saturation.

Je me lève, je prends mon sac, ramasse mon journal de classe par terre et vérifie ma grille horaire. J'ai un cours de mathématiques au local trois cent trois. Ce n'est vraiment pas le moment pour moi de faire des calculs, je n'ai pas la tête à me concentrer, mais je n'ai pas le choix. J'avance à grands pas et j'ouvre agressivement la porte des toilettes en bousculant un élève…

— Wow doucement… dit-il sous le choc de recevoir la porte en plein visage.

— Je suis désolée…

Il se retourne et nous nous fixons intensément. Je n'ai jamais regardé quelqu'un ainsi auparavant. C'est le plus beau garçon que j'ai jamais vu et pourtant, des lycées, j'en ai fait beaucoup, mais lui… La différence est qu'il est manifeste que je lui plais aussi. C'est époustouflant, je suis certaine que nous avons le coup de foudre. Il est grand, brun avec des yeux clairs, sous sa belle veste de footballeur de l'école, on devine qu'il a un corps sculpté. Et, même si mon cœur bat la chamade, la réalité est encore plus dure à accepter, car oui, c'est un roi… Je suis foutue.

— Ce n'est pas grave, ça arrive. Je m'appelle Mike Pears. Je ne t'ai jamais vue dans ce lycée avant, tu es nouvelle ? me demande-t-il très gêné.

— Je m'appelle Rebecca Gomez. Je suis arrivée aujourd'hui…

— Ah, c'est pour ça ! Eh bien, enchanté et bienvenue…

— Merci… Tu es la première personne qui est gentille avec moi, je suis très étonnée…

— Je comprends. Je suis un roi et oui, ce n'est pas courant. Tu es sûrement une rebelle, mais on n'est pas des animaux, ce n'est pas parce que nous sommes opposés que l'on doit se manquer de respect tout le temps. Je ne suis pas de ce genre-là, dit Mike Pears en me regardant avec tendresse.

— Tu as raison. Moi aussi je suis comme ça, ce n'est pas parce que je suis une rebelle que je passe mon temps à embêter mon monde. Il m'est très difficile de m'intégrer à chaque fois, j'aimerais être normale avec tout le monde.

— C'est pareil pour moi, tu sais, ce n'est pas parce que je suis un roi que tout est rose, ce n'est pas facile d'être soi-même.

— Sur ce fait-là, on est d'accord ! Enfin quelqu'un qui me comprend !

Mike Pears me fait un oui de la tête avec un beau sourire sincère. C'est bien la première fois que je vois un roi aussi honnête que lui. Je suis subjuguée par sa beauté, il est tout ce que je désire chez un homme et je pense que pour lui, c'est la même chose. Le temps s'est arrêté, j'en ai même oublié que j'avais mathématiques. Le couloir est vide, les cours ont déjà commencé, mais je ne veux pas le quitter, je veux rester là jusqu'à la fin de la journée. Seulement, ce n'est pas possible.

— J'aurais bien aimé discuter, mais je dois aller en cours, Rebecca. Merci de ta gentillesse, c'est agréable de discuter avec toi ! dit gentiment Mike Pears.

— Merci à toi… Cela fait du bien de ne pas être invisible.

— Tu ne l'es pas à mes yeux, Rebecca ! dit Mike Pears en partant vers sa classe.

J'ai le souffle coupé, je ne réalise pas ce qu'il vient de se passer. Mon cœur a fait un tour sur lui-même, ce garçon m'a bouleversée. Je n'arrive pas à croire qu'un roi m'a accordé de l'importance, je me demande même si je n'ai pas rêvé ! Comment est-ce possible qu'un roi s'adresse à moi et, surtout, que je puisse lui plaire ?

Je suis seule dans le couloir, figée telle une statue de marbre, je ne réussis pas à bouger, j'ai envie de le revoir, discuter avec lui et apprendre à le connaître, car la seule chose que je sais, c'est son nom et son prénom, *Mike Pears*…

L'éducateur du lycée me surprend dans le couloir, immobile.

— Tu vas bien ?

— Oh oui ! Oui, je vais en cours, je suis désolée, j'ai fait un malaise, j'ai été dans les toilettes me rafraîchir !

— Si tu ne te sens pas bien, il y a l'infirmerie, tu sais. Tu es la nouvelle, je crois ?

— Oui, c'est bien cela. Mais je vais mieux, merci quand même !

Je file comme une fusée dans le couloir pour trouver le local trois cent trois. La seule chose à affronter encore, c'est le nouveau professeur de mathématiques et ce salaud de Matthew Wilson !

— Bonjour, mademoiselle Rebecca Gomez, je vois que vous êtes en retard. Y a-t-il une excuse à cela ? me demande le professeur en me regardant avec arrogance par-dessus ses lunettes.

— J'ai fait une baisse de tension, monsieur. L'éducateur du lycée est au courant…

— Le chien errant a trop aboyé devant son maître, monsieur. C'est pour cela que les chiens doivent rester à leur place ! balance Matthew Wilson pour se venger du cours précédent.

Le professeur de mathématiques lui fait un sourire, cela l'amuse, les rois et les bourgeois commencent à rire aux éclats, encore une fois. Mike Pears est le diamant brut de tous ses élèves débiles, j'ai compris une chose aujourd'hui. Je suis sous le charme de Mike Pears et personne ne m'écrasera, quitte à faire la guerre chaque jour. Je suis la fille d'Alejandro Gomez, rien ne me fait peur, je sais ce que je veux et ce que je ne veux pas. Je pars m'asseoir à côté de Mikilina et de Tonio.

— Le jour où tu seras le maître de quelque chose, c'est quand les poules auront des dents, Wilson ! je lance sans prévenir.

CHAPITRE 5

LA MISSION DU CHAPEAU NOIR

Alejandro Gomez est dans sa cuisine en train de boire son café, il fume son cigare devant son journal, sa femme est partie faire les courses. Il attend sagement l'appel du chapeau noir, son imagination part dans tous les sens quand il s'agit de ses missions. Il a hâte de travailler et de bouger, c'est ça sa vie, tuer pour le gang des Patouzas, il ne s'en est jamais caché, même auprès de son épouse. Il est né pour faire ce travail, et bien qu'il fasse souffrir ses enfants, il ne peut pas s'arrêter, car c'est dans son sang. C'est un tueur et Il a toujours pris goût à cela., il a toujours été sadique, Tuer est pour lui une drogue, un plaisir qui envahit chacune de ses tripes. S'il ne tue pas, c'est lui qui meurt, quitte à tout perdre, il foutrait sa famille en l'air, il irait jusqu'à se perdre lui-même.

Le téléphone sonne dans son bureau. Il écrase son cigare, sort de la cuisine, monte au premier et décroche l'ancien téléphone noir des années cinquante que tous les Patouzas recevaient pour ne pas être entendus. Cette ligne n'est plus utilisée depuis des années et le chapeau noir remercie la technologie, car elle évolue tellement vite que les anciens réseaux sont totalement abandonnés.

— Bonjour, Alejandro Gomez, le chapeau noir vous attend.

— Je serai là !

Il raccroche et se prépare rapidement. Une fois vêtu de noir, comme le veut la tradition pour les missions, il sort de dessous le lit d'une mallette qu'il ouvre à l'aide d'un code. Elle est remplie d'armes en tout genre. Grenades, couteaux, magnums, fusils à pompe, snipers, il a tout pour tuer n'importe qui. Il saisit ses armes préférées pour les mettre autour de ses hanches, prend aussi ses couteaux favoris et sort de chez lui, plus heureux que jamais.

Il ne prend que le strict nécessaire, car Il ne se promène jamais armer jusqu'aux dents en pleine journée. De toute façon, les meurtres se faisaient toujours le soir avec Alejandro Gomez.

Il monte dans sa belle Ford Mustang quatre cent nonante-neuf de couleur noire que le chapeau noir lui avait offert. Il en est très fier, il est très gâté ces temps-ci, il ne peut pas le décevoir. Il roule paisiblement, arrive devant l'entrepôt et se gare. Devant l'entrée, les deux agents le regardent avec admiration.

— Bonjour Alejandro Gomez ! dit l'un des agents, comme s'il avait un demi-dieu face à lui.

— Bonjour, je suis attendu par le boss ! dit fermement Alejandro Gomez en faisant un petit sourire.

Les deux agents lui ouvrent la porte.

— Vous connaissez la maison maintenant ! dit l'autre agent avec assurance.

Alejandro Gomez pénètre dans l'entrepôt. Il avance le long du couloir où il regarde tous les autres agents en faisant un signe de la tête, par respect pour eux. Lorsqu'il arrive devant la grande porte, il entre dans le gigantesque hangar et sa barre de pôle dance, où il retrouve Ricardo en train de siroter un verre de whisky au bar, avec d'autres Patouzas.

— Bonjour Ricardo ! dit Alejandro Gomez en mettant la main sur son épaule.

— Ah te voilà ! Allez, suis-moi ! À tantôt les gars ! dit Ricardo en mettant son chapeau et sa longue veste noire classique.

Ils marchent sans dire un mot jusqu'à retrouver le chapeau noir. Il est assis sur son trône devant cinq longues piques en fer alignées. Alejandro Gomez comprend tout de suite, il a l'habitude des traditions.

— Bonjour, Alejandro, je suis très content de ta présence. Aujourd'hui est un jour très important, tu vas me faire un immense honneur ! Viens en face de moi, s'il te plaît, avec Ricardo ! dit-il en faisant un signe de la main.

Alejandro Gomez et Ricardo s'avancent vers le chapeau noir et se placent face à lui pour l'écouter attentivement.

— Alors voilà, j'ai une grande mission pour toi, Alejandro, mais avant toute chose, j'aimerais te poser une question ?

— Oui, bien sûr, maître ! dit Alejandro Gomez, un peu perplexe.

— Connais-tu le collier de sang ? demande le chapeau noir en regardant Alejandro Gomez dans les yeux tout en fumant son cigare.

Il comprend très vite de qui il parlait, il sait maintenant qu'il allait devoir passer à la vitesse supérieure, il n'y a pas de doute là-dessus, il allait tuer les cinq frères Fernozas.

— Bien sûr, le chef est le grand Gonzalo Fernozas, de la famille des égorgeurs, surnom donné, car ils tuent ainsi pour bien faire savoir de qui il s'agit. J'ai fait mes recherches, maître, depuis un moment déjà, ils sont cinq frères en tout. Le cadet Gonzalo, Santiago, Juan Pablo, Franco et le dernier Alonso, je vois très bien de qui il s'agit, maître ! Ce sont des ennemis pas commodes, mais c'est faisable, je ferai ce que vous désirez ! Le gang des Fernozas vous dérange-t-il ? interroge Alejandro Gomez avec bienveillance.

— Je vois, je vois, je suis très surpris de ton savoir, tu es très malin Alejandro. Oui le gang des Fernozas commence un petit peu à me déranger, ils prennent un peu plus de terrain dans Los Angeles et tu sais, c'est moi le maître ici ! Je le vois venir ce Gonzalo, je ne lui fais pas confiance. Ce collier de sang me gêne, il essaie de prendre ma place. Et puis, je commence à m'ennuyer. Le trône me va bien, mais je ne dors jamais sur mes deux oreilles, je crains une guerre entre nous et je le sens, Gonzalo devient puissant, il commence à avoir beaucoup d'hommes. Je ne suis pas dupe, pour lui, je ne suis qu'un vieillard qui va bientôt crever et qui passe son temps à baiser des putes ! Je sais déjà ce que les autres gangs pensent de moi, mais je ne suis pas si faible que ça, alors je prends les devants ! J'ai besoin de cinq choses ici dans cette pièce !

— Oui, dites-moi, maître ? demande Alejandro Gomez avec le sourire.

— Je veux leur tête sur chaque pique ici présente, celles qui sont derrière toi ! Je veux que tu égorges les cinq frères ! En gros, tu l'as compris, je veux faire tomber le gang des Fernozas, Alejandro ! Je sais que ce ne sera pas facile pour toi, mais il n'y a que toi qui peux réussir cette mission ! dit le chapeau noir en écrasant son cigare.

— Je vois, je vois ! répond Alejandro Gomez en réfléchissant.

— Tu as un an pour tuer les Fernozas ! Pas plus ! ordonne le chapeau noir.

— Aurai-je droit à tous les hommes ? pour cette mission ?

— Bien sûr ! Tu as le droit de tout posséder ! Tu fais comme chez toi, tu prends autant d'hommes que tu veux, autant d'armes que tu veux. La seule chose que je désire, c'est que ces cinq salauds soient sur ces piques, mon cher ami !

Alejandro Gomez perçoit un peu de jalousie dans le regard de Ricardo. Il ne veut pas trop y prêter attention, mais c'est bien là, il a l'œil, c'est bien de la jalousie. Il réalise que le chapeau noir l'aime beaucoup plus que Ricardo Garcia, il voit bien qu'il est un très bon sous-chef, un bon serviteur du chapeau noir, mais cela s'arrête là, malheureusement pour lui. Alejandro Gomez est bien au-dessus de tous et il s'imagine bien diriger le gang des Patouzas plus tard. C'est pour cela qu'il va tout faire pour réussir toutes les missions du chapeau noir, coûte que coûte.

— Tu veux continuer la tradition des rois ou c'est pour te venger de ces égorgeurs, maître ?

— Cette tradition a toujours existé depuis que l'Amérique est née, il y a toujours eu une hiérarchie. Aujourd'hui, elle est scellée depuis des lustres et j'ai le droit de faire comme les rois ! Tant que nous ne touchons pas aux rois et aux bourgeois du pays, je ne vois pas où est le problème. Et puis, les Fernozas sont des égorgeurs, c'est comme cela qu'ils procèdent, cela leur apprendra à se faire tatouer un couteau mexicain sur la gorge pour montrer qu'ils sont les colliers de sang. Tu sais, j'ai bien réfléchi, et un gang comme le nôtre ne peut se permettre de laisser du terrain à d'autres gangs rivaux, ce serait même suicidaire de notre part. Toute notre génération s'est battue pour avoir la vie que nous avons et je ne peux pas me laisser faire ! Je suis peut-être vieux physiquement, mais mentalement, je suis toujours aussi jeune qu'un gamin de dix-sept ans, Alejandro, et je dois montrer ma force et mon autorité ! Ce ne sont pas cinq gamins qui vont me faire peur, tu comprends ? dit le chapeau noir en toute sincérité.

— Bien sûr que je comprends ! Je pense pareil, maître, j'ai déjà étudié le sujet depuis un moment. Je voulais vous en parler depuis que je suis venu ici avec ma famille, j'ai demandé à quelques Patouzas de faire de l'observation dans la ville, surtout par rapport à eux et ce ne sont pas des anges. Ils sont beaucoup plus barbares que nous, mais dans le mauvais sens, ils sont moins patients et très impulsifs et tuent sans la moindre hésitation, sans se poser de questions. Je ne les vois pas du tout gouverner la ville, maître. Pour cela, il faut un cerveau et eux ne l'ont pas comme nous, ils agissent avec les émotions et c'est la pire chose qui soit !

— Nous sommes là depuis bien plus longtemps qu'eux, je n'aime pas du tout leur comportement ! À leur âge, même moi je n'étais pas comme ça ! Ils n'ont aucun respect des ordres, ni au niveau de la drogue, ni à celui de la prostitution et encore moins vis-à-vis de nos codes, ce sont des gens à part ! Je ne peux tolérer cela ! Ils perturbent nos transactions dans Los Angeles, cela ne va plus du tout, on dirait des chacals en liberté ! lance le chapeau noir très embêté.

— On ne peut plus laisser les Fernozas faire ce qu'ils veulent ! On s'occupera d'eux, maître, ne vous tracassez pas ! dit Ricardo Garcia en se mettant à genoux devant lui.

— Lève-toi, Ricardo ! Alejandro fera le nécessaire ! Tu feras tout pour qu'il réussisse sa mission ! C'est ton devoir ! Tu feras tout ce qu'il dit ! ordonne le chapeau noir à Ricardo Garcia, même si cela ne lui fait pas plaisir.

— Tu acceptes la mission ? demande le chapeau noir en regardant d'un œil Alejandro Gomez qui est visiblement surpris.

— Bien sûr, maître ! Quelle question !

Le chapeau noir claque deux fois dans ses mains, deux hommes entrent dans la pièce avec une table et plusieurs autres s'affairent devant le chapeau noir pour installer la tradition du contrat d'or.

Ils posent la table, y mettent une nappe blanche bien repassée, installent deux gros chandeliers en or aux extrémités, puis au milieu, le contrat fait de papier d'or, à gauche un poignard en or massif et, à droite, le stylo d'or.

— Je t'en prie ! dit le chapeau noir en souriant.

Alejandro Gomez arrive près de la table, il a l'habitude de signer des contrats pour les Patouzas, il en a signé des multitudes, c'est la routine pour lui.

Sur le contrat il est noté :

La mission : tuer les cinq frères des colliers de sang du gang des Fernozas.

Alejandro Gomez, tueur à gages professionnel du gang des Patouzas, fait le serment sur l'honneur d'exécuter la mission du chapeau noir en s'en tenant au plan et à la mission.

Il a le devoir de se sacrifier pour le gang des Patouzas, il n'a pas le droit de renoncer une fois le contrat signé, il n'a pas le droit de revenir en arrière et il n'a pas autorisation d'en parler à qui que soit d'autre qu'aux Patouzas eux-mêmes.

Alejandro Gomez donne sa vie pour le chapeau noir et pour les Patouzas, quoi qu'il arrive. S'il se fait prendre, il n'a pas le droit de divulguer les secrets et la mission du chapeau noir, sans quoi les Patouzas auront le droit de tuer toute sa famille, jusqu'au dernier.

Alejandro Gomez doit impérativement réussir la mission, sinon il mourra sous la main du chapeau noir et la honte planera sur sa famille tout entière de génération en génération…

Mais si la mission est réussie, il aura tout ce qu'il désire et il ne manque de rien, il sera connu dans toute l'Amérique chez les Patouzas, sera respecté à vie et assurera la génération de sa famille dans le gang des Patouzas.

Alejandro Gomez doit égorger pour chapeau noir :

Gonzalo Fernozas

Santiago Fernozas

Juan Pablo Fernozas

Franco Fernozas

Alonso Fernozas

Alejandro Gomez a le droit de faire ce qu'il veut des corps, mais pas de leurs têtes qui devront être apportées au chapeau noir en parfait état dans les délais impartis.

Alejandro Gomez a un an pour apporter les cinq têtes des frères Fernozas au chapeau noir.

En signant, vous acceptez ce contrat et tout ce qu'il en coûte, du début à la fin. Vous assumez toutes les conséquences de la mission.

Sur ce, on vous souhaite bonne chance !

Le gang des Patouzas…

Alejandro Gomez lit rapidement puis, à l'aide du couteau mexicain, se coupe la paume de la main droite, laisse couler son sang sur le contrat et le signe avec le stylo en or. Le chapeau noir se lève, se tranche aussi la paume de la main droite et signe à son tour. Il affiche un grand sourire, il est aux anges, il va voir un gang tomber cette année, il ne peut pas être plus heureux que cela.

— Je suis enchanté ! Il est vrai que je ne t'ai jamais demandé de tuer autant de personnes, surtout des frères ! Mais tu es le seul en qui je crois vraiment ! Tu es le seul qui est capable d'accomplir cette mission et de la réussir. Je n'ai jamais douté de toi, Alejandro, tu fais partie de mes fidèles Patouzas. C'est un honneur pour moi de voir tes exploits ! dit le chapeau noir en le regardant avec fierté.

— Merci maître, je suis agréablement surpris ! Je ne fais que mon travail, vous savez, vous me récompensez beaucoup. Vous ne m'avez jamais trahi jusqu'à présent, vous avez toujours respecté vos engagements et tout ce que vous m'avez promis, vous l'avez fait ! Je ne peux que faire ce que vous me demandez sans broncher ! dit Alejandro Gomez avec respect.

— Tu peux disposer avec Ricardo, je ne vous retiens pas ! Vous êtes libres de faire ce que vous voulez. Vous savez ce que vous devez faire, sachez que moi, j'attendrai mes cinq têtes, ici, pendant un an. Tant que je serai vivant, je t'attendrai Alejandro avec impatience, car vois-tu, je veux ces têtes sur ces piques, quoi qu'il arrive ! dit le chapeau noir avec sévérité.

— Pas de souci, maître, je ferai le nécessaire !

— Vous pouvez y aller !

Alejandro Gomez et Ricardo avancent pour sortir de la pièce. Le chapeau noir s'assied sur son trône et crie.

— JE VEUX DES PUTES ! TOUT DE SUITE !

Ricardo adresse un sourire à Alejandro et ils sortent de la grande pièce du trône du chapeau noir sans se retourner.

Ricardo et Alejandro Gomez s'installent au bar. Ils boivent tranquillement un verre de whisky sans parler de la mission, ils regardent les stripteaseuses danser devant eux sans se poser la moindre question. Sauf qu'Alejandro Gomez est loin d'être un imbécile, il voit bien que Ricardo est faux avec lui, il ne s'imagine pas supporter cet homme pendant un an, il perçoit sa jalousie, même s'il essaie tant bien que mal de la cacher. Travailler avec quelqu'un oui, mais pas jaloux de lui, ce n'est clairement pas viable sur le long terme. Il sait déjà que s'il ne veut pas être tué par Ricardo, à un moment donné dans l'année, il devra l'assassiner, c'est ainsi.

Ce n'est pas cinq personnes qu'il a à tuer, mais bien six. Même s'il essaie de donner le change, Alejandro voit bien son air jaloux, il n'arrive pas à digérer le fait que le chapeau noir le respecte plus que lui. Il veut le trône ! Il fait tout pour caresser le chapeau noir dans le sens du poil. Alejandro Gomez, lui, fait tout le sale boulot, sans demander quoi que ce soit et même s'il lui aussi rêve du trône, il veut l'avoir dans les règles de l'art, et non en frottant le cul du chapeau noir. Alejandro Gomez est fait pour être chef, il est malin et patient et surtout, bosseur.

Il n'en a rien à foutre de plaire aux autres, tout ce qu'il désire, c'est la reconnaissance des autres pour être respecté et craint des Patouzas. Il doit tout faire pour réussir les missions, il y est obligé, c'est pour cela qu'il se sacrifie pour les Patouzas, quitte à tout rogner jusqu'à l'os.

— Ta mission ne va pas être de tout repos, Alejandro ! dit Ricardo avec le sourire.

— Oh, j'ai eu bien pire… et puis, j'aime le challenge ! dit Alejandro Gomez en buvant son verre.

— Les Fernozas sont aussi difficiles à tuer que les rois, ils ne sont jamais au même endroit au même moment ! lance Ricardo pour bien lui faire comprendre que, peut-être, il ne pourra pas y arriver.

— Je te signale que j'ai un an pour faire cela, ne te tracasse pas Ricardo, j'ai signé le contrat, pas toi, j'ai tout ce dont j'ai besoin pour réussir ma mission ! dit Alejandro Gomez avec arrogance.

Ricardo regarde avec une colère sourde les stripteaseuses en face de lui.

— J'ai tous les hommes, toutes les armes, le temps et j'ai surtout près de moi mon fidèle ami Ricardo Garcia, je ne peux que réussir ! dit Alejandro Gomez en avalant son whisky tout en réfléchissant à comment il allait faire pour le tuer sans blesser le chapeau noir.

CHAPITRE 6

LE VRAI VISAGE DE MON LYCÉE

Je regarde par la fenêtre, il fait très beau, j'ai hâte de sortir. Je regarde Tonio et Mikilina suivre le cours avec attention. Ce sont mes amis et je suis heureuse de les avoir rencontrés. Au moins, je ne suis pas aussi seule qu'avant, à l'époque où je venais et je partais aussi vite que j'étais arrivée.

Tonio est grand et bien en chair, il a de grands yeux brun clair et un sourire d'enfer, il est marrant et très foufou, il a le sang chaud et il parle fort, il n'a vraiment peur de rien. Mikilina est beaucoup plus discrète, mais physiquement plus voyante, elle a des mèches blondes et des piercings au visage, elle se maquille assez bien et ne se gêne pas pour dire ce qu'elle pense. Deux personnes différentes, mais qui ne savent pas vivre l'une sans l'autre, car ils sont cousins et, vu leurs caractères, c'est évident. Je suis très heureuse, car ce sont des rebelles gentils, ils ne cherchent pas les embrouilles, ce n'est pas parce que l'on est des rebelles que l'on doit l'être jusqu'au bout.

Tonio et Mikilina sont aussi sages que moi en classe, ce sont les rois qui font bien plus de bruit que nous. Avoir trop de pouvoir n'a jamais été quelque chose de bien, surtout pour des jeunes comme nous, et les rois sont beaucoup plus à la recherche de supériorité que nous. Matthew Wilson est bien la preuve qu'il est un véritable frustré de la vie, on a même l'impression qu'il est Drago Malfoy et nous les sangs de bourbe !

Je trouve cela tellement ridicule… Si tu es si heureux de ton rang, pourquoi crier à tout-va ? Pourquoi gâcher l'année scolaire de tes camarades de classe si tu es si heureux que cela ? Pourquoi chercher les ennuis ? Même moi, je ne suis pas comme cela alors que s'il y a bien quelqu'un qui a une vie de merde, c'est moi ! Personne ne peut rivaliser !

Matthew Wilson me regarde, il est toujours en train de m'observer tel un guépard prêt à surgir de nulle part. Je n'ai aucune confiance en lui et je le déteste. Je sais qu'avec lui, je vais avoir des ennuis durant l'année, mais de toute façon, les ennemis, ce n'est pas cela qui manque dans ma vie. Parfois, je croise le beau Matéo dans le couloir, on se parle de temps en temps, on mange ensemble et même s'il espère plus avec moi, il voit bien que je ne suis pas intéressée. Il ne sait pas que je suis dingue de Mike Pears. D'ailleurs personne ne le sait. La situation agace Matéo, car il fait tout pour moi, mais Mon cœur penche irrésistiblement vers Mike Pears. Il essaie toujours de me tirer les vers du nez, mais je m'efforce de tenir ce secret le plus longtemps possible. Personne ne doit savoir cela, même mes propres amis, c'est beaucoup trop dangereux. Mike Pears n'est pas juste un roi, c'est l'un des plus riches du lycée. C'est un élève très important, comme ses deux cousins germains, Elisabeth et Andrew Pears. Mike et Andrew sont dans l'équipe de football et Elisabeth est la présidente des pom-pom girls du lycée. Pour moi, c'est de la pure folie, je le sais, mais j'ignore ce qui m'attire chez lui, je ne peux nier que j'ai eu un véritable coup de foudre. L'avantage que j'ai, c'est que pour lui, c'est la même chose, il ne peut s'empêcher de me regarder et de me lancer quelques clins d'œil par-ci, par-là. Impossible de nier que je suis totalement sous le charme et que mon cœur bat dans tous les sens. Chaque fois, je dois faire attention que personne ne s'en aperçoive, ni Tonio ni Mikilina et encore moins Matthew Wilson ! Celui-là me suit partout du regard, je me demande bien ce qu'il a contre moi, je me demande même s'il n'est pas amoureux de moi à force de me chercher comme cela. Surtout que je ne fais rien pour attirer l'attention, s'il y a quelqu'un qui ne veut pas d'ennuis, c'est bien moi. Je commence à m'habituer dans cette école, même plus vite que je l'aurais imaginé, je ne pensais vraiment pas être aussi bien dans un lycée, surtout aussi chic que celui-là. Finalement, je remercie mon père d'avoir tué autant de gens pour finir ici, sur ce coup-là, il n'a pas raté sa cible.

Le cours est terminé, Tonio, Mikilina et moi sortons de classe et nous dirigeons vers nos casiers. Je dis bonjour à Matéo qui passe par-là avec son sac de gym, toujours aussi mignon et aussi souriant.

— Tu vas bien, princesse ? Prête pour faire du volley ?

— Oui et non, je ne suis pas hyper forte. J'aime ce sport, mais je ne suis pas assez forte au niveau des poignets pour lancer la balle !

— Oh, mais ne t'inquiète pas, tu es une dure à cuire et puis tu sais, cela vient avec le temps et n'oublie jamais une chose, la confiance en soi fait tout ! lance Matéo avec un regard amoureux.

— Oui c'est vrai ! Tu as raison ! Je dois me lancer et foncer surtout !

— Tu es la fille d'Alejandro Gomez ! N'oublie jamais cela ! dit-il avec une grande assurance.

— Oui, ça, c'est sûr…

— Ne t'inquiète pas pour elle ! Elle joue très bien, Rebecca exagère toujours ! dit Tonio en rigolant.

— C'est vrai ! Elle joue bien, si tout le monde pouvait jouer comme ça, ce serait idéal ! dit Mikilina en fermant son casier.

— On se rejoint à la salle de gym. À tantôt, princesse ! dit Matéo en partant avec ses amis.

— Oh, tu as trop de chance que Matéo s'intéresse à toi ! Je ne comprends pas pourquoi tu le fais languir… questionne Mikilina en mettant sa tête sur mon épaule, comme si elle fondait sur moi telle une glace alléchante.

— C'est mon voisin et tu sais qui est mon père Miki ! En revanche, si tu es intéressée, tu peux y aller !

— TU ES SÉRIEUSE ? hurle Mikilina dans tous ses états.

— Oui, oui, je suis sérieuse ! Allez venez, on va être en retard ! je lance en rigolant avec Mikilina.

Je sais que je suis folle, qu'il faut l'être pour laisser Matéo comme cela et tout autant pour le laisser à une autre… Mais il ne fait pas battre mon cœur et Mikilina est heureuse d'apprendre que je ne suis pas folle amoureuse de lui. Il est vrai que c'est mon voisin et mon père, content ou non, je ne serais pas sortie avec lui. Je pense d'ailleurs que mon père aurait été heureux, car Matéo est un rebelle et non Mike Pears. Je suis compliquée, j'ai bien pris de quelqu'un, non ?

Force est de constater que Matéo est charmant, mais Mike est celui qui me fait me réveiller le matin, c'est le seul de qui j'ai hâte de recevoir son fameux clin d'œil et de le voir m'observer de derrière son casier. Il nous est très difficile de nous cacher de tous les élèves, mais je suis sûre qu'il a eu un coup de foudre pour moi, comme moi je l'ai eu pour lui. Aucun roi et rebelle n'est au courant de notre secret, nous nous aimons et personne ne peut nous enlever ça, ni mon lycée, ni mes amis, ni ma famille et encore moins mon père !

Je suis en train de me déshabiller avec Mikilina, quand je vois passer Elisabeth Pears, la cousine de Mike, et sa troupe de pom-pom girls toutes aussi minces les unes que les autres. Elles sont belles et grandes, rien à voir avec moi. Elisabeth Pears est très arrogante, mais elle bosse dur, elle est infatigable, elle gère son groupe à la baguette. Elle est coriace et persévérante et, même si elle est la plus riche, elle est aussi la meilleure du lycée au niveau scolaire et ne parlons pas de son rôle en tant que présidentes des pom-pom girls du lycée. Cette fille a tout pour elle, tout ce que je n'ai pas et que tous les rebelles n'ont pas. Elle ne se rend pas compte que je suis amoureuse de son cousin et je pense que c'est mieux qu'elle ne le sache jamais.

Nous sommes au gymnase, tous les élèves s'entraînent. Les rois effectuent des exercices de musculation pour être forts une fois sur le terrain. L'entraînement des reines n'est pas non plus de la blague, bien au contraire, j'ai chaud pour eux. C'est du haut niveau, je suis même très impressionnée. Contrairement à moi, Mikilina est un peu jalouse, je le vois bien, elle rêve d'être à leur place. Même si les pom-pom girls ne sont là que grâce à leurs statuts, les rebelles aimeraient bien être des rois pour une fois, leur supériorité ne peut pas être niée. Les bourgeois et les rebelles courent autour de la salle, je lance de temps en temps des regards à Mike qu'il me renvoie. Je dois faire très attention, car le salaud de Matthew Wilson est là et c'est une véritable tour de contrôle. Même là, il ne me fout pas la paix !

Je ne suis pas hyper sportive, mais je me débrouille bien. Je suis contente, car Mike est très fort, il a un bon niveau, je suis fière de lui. Tonio s'entraîne avec les autres garçons de la classe, Mikilina court avec moi en regardant amoureusement Matéo qui n'a d'yeux que pour moi. Après avoir couru une bonne vingtaine de minutes sans s'arrêter, le prof de sport donne un coup de sifflet. Les rebelles ont eu du mal à tenir vu les tonnes de cigarettes qu'ils fument tous les jours.

Je crois que je suis la seule à avoir une bonne santé et, avec mon frère, la seule à ne pas fumer. Pendant que nous nous rafraîchissons avec Miki, je prends du plaisir à regarder Mike s'entraîner. J'ai deux heures dans la semaine pour enfin le voir comme je le veux, c'est agréable. Miki, quant à elle, regarde Matéo boire avec ses amis. Je prends du temps pour moi et Miki aussi, j'adore ces moments ensemble, je l'apprécie beaucoup.

Alors que je contemple Mike en train de s'entraîner, mes yeux se tournent vers Matthew Wilson qui me fusille du regard. Ce salaud ne me laissera jamais vivre, ma parole ! Il a remarqué que j'observe beaucoup Mike Pears et, pour un roi, cela ne présage rien de bon. Un rebelle ne peut pas regarder un roi de cette manière, cela ne doit même pas exister ! Il se questionne sûrement, un rebelle n'aime déjà pas un bourgeois, alors encore moins un roi ! Qu'est-ce que j'ai dans la tête pour le regarder ainsi… et lui, pour me regarder comme ça ?

Je suis cuite, il l'a remarqué ! On est fichus ! Le secret est dévoilé au grand jour par ma faute ! Même si ce ne sont que des regards, c'en est déjà trop pour Matthew Wilson ! Comment vais-je faire pour me sortir de là et comment Mike allait-il faire ? C'est ma faute ! Notre amour est foutu à jamais ! Je bois mon eau en fixant le sol, je suis pétrifiée, je ne sais pas où regarder, jusqu'à ce que la prof de gym siffle pour que nous allions jouer au volley.

Une fois sur le terrain, je fais comme si Mike n'existait pas. Cela l'étonne, je le remarque, mais je n'ai pas le choix, Matthew Wilson me regarde avec insistance. Je joue avec Miki comme s'il n'y avait que nous dans la salle de gym, je ne fais attention à personne et je fais tout pour gagner. J'ai visiblement la rage, j'ai perdu le sourire, je ne joue pas avec joie ni bonne humeur. Ce salaud a foutu mon heure de gym en l'air ! Miki me regarde avec étonnement, elle ne comprend pas ce changement d'humeur que je ne peux pas cacher. Je ne regarde plus personne, car je sais que Matthew Wilson m'observe. Alors que je suis sur le banc, je demande à ma prof de gym si je peux aller aux toilettes, j'ai besoin de respirer et de souffler. Je sors pendant que tous les élèves travaillent dur, Matéo me regarde partir avec agacement.

Arrivée aux toilettes, je donne un grand coup de pied sur une porte. La rage bouillonne en moi, je n'arrive pas à me calmer, je voudrais tuer ce Matthew Wilson, je ne le supporte plus. Je m'assieds pour me calmer, mais tout défile dans ma tête. Le fait de perdre Mike est la pire des choses pour moi, j'aime ce garçon et, pour la première fois, je le réalise vraiment. J'aime Mike Pears !

Je prends le temps de bien respirer et de réfléchir à ce que je peux répliquer, au cas où Matthew Wilson devait s'en mêler, car oui, il va s'en mêler, c'est plus fort que lui, je suis devenue son obsession quotidienne ! Je ne peux jamais être tranquille avec ce salaud notoire et si je déteste autant les rois, c'est plus à cause de lui que du reste des élèves du lycée. Je dois y faire face, pas le choix, encore une fois. Je vais boire un peu d'eau à l'évier, je respire un bon coup et je sors des toilettes. Je longe le couloir du gymnase rempli de grands casiers, il fait très sombre, les lampes déconnent un peu, elles virevoltent comme des éclairs. En marchant tranquillement, Matthew Wilson arrive vers moi, je n'ai pas envie de le voir, ni de près ni de loin. Il avance en regardant devant lui, ce qui me rassure. Il fait comme si je n'existais pas et cela m'arrange bien. Au moment où nous nous croisons, je l'observe pour être sûre qu'il ne va rien me dire. Il continue son chemin et je fais de même. C'est là qu'est ma plus grande erreur…

Matthew Wilson se rue sur moi tel un boulet de canon en me poussant violemment contre les casiers. Il a un couteau dans la main droite, je me dis que c'est le moment pour moi de montrer ma partie la plus sombre. Merci papa.

— Petite salope ! Tu crois que je n'ai pas remarqué que tu regardes un peu trop l'un des miens ? Depuis quand des clochards comme vous s'intéressent à des purs sangs comme nous ? Et puis, comment est-ce possible ? Tu n'es qu'une traîtresse ! Je devrais t'éventrer après ce que tu viens de faire ! Honte à toi et à ta communauté de merde ! Si cela ne tenait qu'à moi, j'aurais tué tous tes semblables depuis longtemps ! grogne de rage Matthew Wilson, le visage rouge vif, en pointant fortement son couteau sur mon ventre.

— Je ne savais pas qu'un roi prêtait autant attention à ce que les rebelles faisaient ! Tu es amoureux de moi ou je rêve ?, Wilson ? Depuis que je suis arrivée, je suis ton obsession, comme un drogué avec sa came !

Tu n'en as pas marre de jalouser ? Tu ferais mieux de t'occuper de ton cul ! Car tu ne sais pas du tout à qui tu t'attaques, Wilson. Mon espèce n'est pas aussi souple que la tienne ! Si tu crois que tu me fais peur, tu te mets le doigt dans l'œil ! Petite merde ! je lui réponds froidement.

— Comment oses-tu me parler ainsi ? Tu es arrivée en plein milieu de l'année, j'ai effectué des recherches sur toi, tu es la fille d'Alejandro Gomez, il est bien connu pour faire de la merde, je vois de qui tu tiens ! Comment des pourritures comme vous pouvez encore vivre ? Et faire ce genre de choses ? On ne se mélangera jamais à votre espèce, je vais me renseigner auprès de Mike Pears pour savoir pourquoi tu le regardes comme ça et surtout, si j'apprends que tu prépares quelque chose contre un roi, je t'éventrerai moi-même ! lance-t-il avec haine.

— Mon père, comme tu dis, est de loin une personne qui fait de la merde ! Ma famille tue des gens ! Et ta famille à toi ? Papa avocat et maman chirurgienne ? Mais qu'est-ce que ça doit être dur la vie pour toi, Wilson ! Tu dois avoir beaucoup d'ennuis pour te soucier de mes semblables et faire des recherches sur nous ? Cela devient réellement de la folie, Wilson ! Il faut consulter ! je réplique en souriant.

— PETITE GARCE ! hurle Matthew Wilson en soulevant mon t-shirt et en pointant encore plus fort le couteau qui commence à rentrer dans ma peau.

Je n'ai plus le choix, ce fou va peut-être m'éventrer, ses yeux crachent du sang tel un dragon en folie. Je me défends en faisant une prise que papa m'avait apprise. Cela le déstabilise et le couteau finit dans ma main. Je le tiens fermement contre les casiers en lui mettant le couteau contre la gorge. À ce moment-là, Matthew Wilson ne rigole plus.

— Pauvre de toi ! Tu as cru que tu allais me faire peur ? Tu crois qu'un couteau suffit pour me faire cracher le morceau ? Je regarde qui je veux, je tombe amoureuse de qui je veux, je baise qui je veux et je tue qui je veux, Wilson ! Tu as bien compris ? Ose encore une seule fois faire ce que tu as fait et c'est moi qui viendrai t'égorger comme un gros cochon dans ton lycée de malheur ! Et ce n'est même pas la question ! Il n'y a rien entre Mike et moi et non, je ne prévois rien contre un roi ! Tu vois, moi, je n'ai pas que ça à foutre de mes journées ! Je n'en ai rien à carrer de ton lycée et des élèves. Wilson, c'est toi le fou ici, pas moi ! Alors, fous-moi la paix, va baiser un coup et lâche-moi la grappe ! lui dis-je avec une telle indifférence que cela déstabilise Matthew Wilson qui pensait vraiment m'impressionner.

— Sache que tu ne gagneras jamais face aux rois ! Tu ne gagneras jamais face à moi ! Je serai ton pire cauchemar dans ce lycée, Gomez ! Si tu crois que je vais me prosterner devant toi, plutôt mourir, salope !

— Sans blague, Wilson ? Je pensais que tu allais dire le contraire ! Je ne t'ai jamais demandé de te prosterner, seulement de me laisser tranquille ! Je me demande même si tu ne serais pas amoureux de moi, car tu me fais peur depuis le début !

— QUOI ? MOI ? JAMAIS ! C'est toi la folle, pas moi ! C'est toi qui regardes un peu trop mes semblables, comme un vampire assoiffé de sang ! C'est toi qui transgresses nos lois dans le lycée !

— Vos lois ? Et puis quoi encore ? Tu es le président des États-Unis aussi ? Tu es un bête lycéen, comme moi ! Je transgresse vos lois ? La blague ! Mais je n'ai encore rien fait que je sache, Wilson !

— Regarder Mike Pears comme tu l'as fait, c'est déjà de TROP !

— Je suis désolée pour toi, Wilson, mais tu vas devoir t'y faire ! Je suis une rebelle et je t'emmerde au plus profond de ton être ! Tu vas me laisser tranquille et je ne le dirai pas deux fois ! je lui réplique en lui appuyant sur la gorge avec son couteau qui coûte une fortune.

— On te laissera tranquille, ma grande ! Mais avant toute chose, tu laisses Matthew Wilson et tu lâches ce couteau, sale gitane ! gronde Elisabeth tel un gros rottweiler en me mettant un couteau derrière la nuque.

Je suis stupéfaite, je n'ai pas remarqué que des élèves étaient là et surtout elle ! Je ne sais pas comment me comporter, car c'est la cousine de Mike et c'est la pire chose qui pouvait m'arriver. J'aime son cousin et je ne veux pas avoir de mésentente avec elle. Putain, cela me fait chier ! Ce connard de Wilson est toujours là pour foutre la merde dans ma vie ! En même temps, je ne peux pas me laisser faire non plus. OK, c'est sa cousine, mais impossible de me soumettre ! Mon rang ne me le permet pas et, sans savoir ce que Mike aurait fait à ma place, je fais une autre prise pour me défendre et éviter son couteau. Je retourne Matthew Wilson devant moi en le tenant fermement avec toujours le couteau sous la gorge. Elisabeth me regarde stupéfaite, elle tient toujours son couteau, mais ne sait plus quoi en faire. En fait, elle ne sait pas se défendre, elle est juste impressionnante, c'est tout.

— Alors je vais rectifier ! Je suis latino et non une sale gitane, comme tu dis si bien ! Je suis Rebecca Gomez et ton roi Matthew Wilson me rend la vie impossible. Il m'a menacée avec son couteau suisse. Je pense réellement qu'il est amoureux de moi, il passe son temps à me harceler et non, je ne suis intéressée par personne ! Il faut qu'il arrête de s'inventer une vie !

— CE N'EST PAS VRAI, ELISABETH ! Elle ment, je te le jure !

— Je sais qu'elle ment, Wilson ! Tu sais, j'ai aussi remarqué que tu regardes un peu trop mon cousin et cela me dérange fortement ! Et puis, en ce moment, c'est toi qui tiens un pseudo couteau suisse qui coûte juste deux mille dollars avec ses initiales gravées dessus sur la gorge de mon semblable, petite sauvage. Alors, laisse-le et casse-toi ! Je ne veux plus te voir ici, sinon je fais tout pour te virer de notre lycée !

— Je regarde qui je veux et je fais ce que je veux ! Si ton semblable est là, c'est sa faute ! C'est triste qu'il faille qu'une demoiselle vienne te sauver, Wilson. Cela fait pitié, pauvre de toi ! Si je suis si sauvage que ça, alors vous feriez mieux de me laisser tranquille !

Et tu parles de me virer de *ton lycée*… à croire que c'est toi qui l'as payé de ta poche ! Ce n'est pas parce que tu es présidente au lycée que j'ai peur de toi et de ce que tu pourrais me faire, ose m'énerver Elisabeth ! dis-je en creusant violemment la gorge de Matthew Wilson avec son couteau. Elisabeth est un peu nerveuse, car elle ne veut pas que l'on fasse du mal à son petit poulain.

— Enlève ce couteau tout de suite !

— Sinon quoi ?

— Je ne vais pas le répéter, Gomez !

— Alors, laissez-moi tranquille !

Avec calme et en souriant, je pousse Matthew Wilson dans les bras d'Elisabeth Pears et jette son super couteau par terre.

— J'espère que cela sera la dernière fois ! je conclus en partant vers le gymnase avec le sourire.

J'entends Matthew Wilson crier de rage et s'avancer vers moi, mais Elisabeth Pears le retient, elle a plus de force que lui, ma parole ! Il m'insulte de tous les noms et s'égosille jusqu'à ne plus avoir de voix.

— Ta gueule, Wilson ! Récupère ton couteau et arrête de faire le bébé ! grogne Elisabeth avec froideur. Il s'exécute sans broncher et met son couteau dans sa poche.

— Elle a du caractère celle-là, je ne sais pas qui elle est, mais… elle m'excite vraiment. J'aimerais tellement voir jusqu'où elle peut aller, pour qu'elle puisse finir dans notre maison. Continue ce que tu fais, Wilson. Cela reste nos ennemis avant tout, continue à faire ce que tu fais de mieux, on verra bien jusqu'où cela nous mènera ! Si elle va trop loin, je m'occuperai moi-même de son cas une fois arrivée dans notre maison et si pas, ben, c'est qu'elle m'aura déçue ! Cette fille a fait vibrer mes entrailles, je me sens enfin vivre ! C'est dix minutes d'extase et je compte bien cuisiner mon débile de cousin pour connaître la vérité sur cette vipère qui m'a ensorcelée…

— Je ferai ce que tu désires, Elisabeth ! dit Matthew Wilson en baissant les yeux.

CHAPITRE 7

MIKE PEARS

La famille Pears est la famille la plus connue de Los Angeles et on comprend pourquoi quand on creuse un peu plus. Mike Pears est fils unique. Il a seulement Elisabeth et Andrew Pears comme cousins dans le lycée Liberty. Ils sont cousins germains et même si ce n'est pas flagrant, Mike est bien différent de sa famille, il est beaucoup plus gentil et humble que ses cousins capricieux et jaloux de tout le monde. Même si Mike est riche et le garçon le plus populaire, il ne profite jamais de sa notoriété pour avoir ce qu'il veut quand il veut, lui il n'est pas comme ça. Toutes les filles lui courent après, mais il n'y a que Rebecca Gomez qui l'intéresse vraiment et même si cela lui est interdit, il l'aime. Mike est un élève discret, il n'aime pas trop se faire remarquer, il aide gentiment les autres et il soutient ses amis. Il déteste la hiérarchie que lui impose le lycée et celle de la vie en dehors du lycée. Il se sent en cage, car il doit toujours fréquenter les mêmes personnes, les rois.

Il est fier d'être un roi, mais de là à ne vivre que pour eux, non. Le seul problème pour lui est que c'est comme ça et pas autrement, il ne peut pas avoir d'autres amis qu'eux et cela lui pèse. Mike est ouvert d'esprit, il est curieux et il rêve de rencontrer d'autres personnes qui viennent d'horizons différents. Cela lui est impossible et même s'il sait le cacher, même s'il ne manque de rien, Mike souffre de sa situation. Il en veut plus et, surtout, il veut Rebecca Gomez. Mais il doit vivre en permanence avec ses semblables, il a l'impression d'appartenir à une secte dont il ne pourra jamais s'échapper. Il est fait comme un rat, d'autant qu'en étant un Pears, il ne passe jamais inaperçu. Il est grand et musclé, il a de beaux yeux bleus et ses cheveux sont épais et bruns, il est l'Elvis Presley du lycée, l'un des plus beaux garçons du bahut. Il possède tout ce qu'il veut sauf Rebecca Gomez qu'il cache au plus profond de lui. Il ne doit surtout pas se faire surprendre. Lui ! Aimer une rebelle ? Jamais ! Il serait mort, un point c'est tout. Personne ne doit l'apprendre, ni Elisabeth et encore moins Andrew Pears, il irait immédiatement le dénoncer illico à leurs pères et qui se ferait une joie de lui couper la tête… Non merci. Mike Pears est fichu, s'il devait écouter les autres, il finirait sa vie avec une reine et il crèverait ainsi. C'est tout ce qu'il ne veut pas. Rebecca Gomez est son coup de foudre, c'est la fille dont il rêve et qu'il veut. Son cœur ne bat que pour elle et même si c'est une rebelle, elle non plus n'est pas comme les autres. Elle l'aime aussi et le fait qu'il soit un roi ne l'empêche pas de l'aimer et de le regarder dès qu'elle le peut. Leur amour est impossible, mais il est têtu et perspicace. Mike Pears est peut-être un roi, mais dans son cœur, il est comme un rebelle, il a besoin de liberté et cette liberté, il ne l'a jamais eue en tant que roi. Voilà pourquoi il va tout faire pour se libérer de sa prison dorée…

Mike Pears est en train de s'entraîner quand il aperçoit enfin sa bien-aimée rentrer dans le gymnase. Elle est calme et souriante, ce qui n'était pas le cas tout à l'heure, sans qu'il comprenne pourquoi. Il aime l'observer, même si Matthew Wilson le regarde un peu trop. Il se sent surveillé par lui, il ne s'explique pas trop son comportement. S'il y a quelqu'un qui doit observer les élèves, c'est bien lui et non le puceau de Matthew Wilson qui passe plus de temps à faire des boulettes qu'autre chose.

Le coach donne un coup de sifflet et tous les rois terminent leur séance d'entraînement. Ils sortent du gymnase pour aller se doucher, il a bien bossé et ses amis aussi. Mike Pears rigole beaucoup avec ses copains quand ils arrivent devant leurs casiers. Matthew Wilson et certains de ses amis se tiennent devant des casiers qui ne sont pas les leurs. Cela étonne un peu Mike, il ne sait pas ce que Matthew Wilson veut et cela commence à l'énerver.

— Alors Mike, je vois que tu t'es bien entraîné ! Tu es prêt pour demain pour l'entraînement à l'extérieur ? Car je vois que tu es fort distrait quand on est avec les autres élèves… lance Matthew Wilson en croisant les bras et en souriant à ses deux amis.

— Pardon ? Moi, je suis distrait ? C'est plutôt toi qui n'arrêtes pas de me fliquer ! Tu es amoureux de moi, Wilson ?

Tout le monde commence à rire et à écouter d'un peu plus près ce qu'il se passe entre eux.

— Moi ? Amoureux de toi ? Non ! En revanche, je te vois beaucoup mater la pétasse de Rebecca Gomez, il y a quelque chose que tu nous caches, Mike ? Je ne pensais pas que tu aimais cette race et surtout cette basse classe, mon ami !

Mike Pears est choqué. Il ne pensait pas que cela se voyait autant, mais le pire reste que Matthew Wilson puisse lui parler comme à un moins que rien.

— Wilson, ça serait gentil de me parler sur un autre ton et je regarde qui je veux. Non, je ne la regardais pas ! En revanche, toi, pour la faire chier, tu es le premier ! À ce qu'il paraît, tu la harcèles jour et nuit. Cela peut porter à confusion, car c'est plutôt toi qui serais l'amoureux de service ! Pense un peu avec ton cerveau, ça serait gentil !

— Oh, mais la seule différence entre toi et moi, c'est que moi je suis un roi, un vrai, j'agis contre elle et contre toute sa bande de merde ! C'est notre devoir à nous de les remettre à leur place. Tu crois que c'est en voyant la vie en rose comme tu le fais que les rebelles vont te craindre, Mike ? Cela fait longtemps qu'à part te faire beau, tu ne sers à rien ! Prends-en de la graine vis-à-vis de tes cousins, car s'il y a des Pears qui en valent la peine, c'est bien Elisabeth et Andrew !

— Le jour où tu seras aussi beau que moi, Wilson, les poules auront des dents. Tu passes ton temps à jalouser les autres et à lécher les bottes de ma cousine Elisabeth que tu n'auras jamais ! Tu n'es qu'un petit crétin invisible à mes yeux et si tu penses que je vais perdre mon temps à harceler des filles de mon lycée parce qu'elles sont rebelles, tu te mets le doigt dans l'œil, j'ai autre chose à faire ! Pense à harceler de vrais rebelles et là, toi et moi, on pourra discuter !

Andrew Pears arrive près de Mike, il porte une serviette autour des hanches. Il a entendu tout ce qu'il s'était passé et est bien étonné que Matthew Wilson puisse parler ainsi à son cousin.

— Dites donc, j'ai raté un épisode ? lance-t-il avec de gros yeux.

— Tu sais, moi aussi je crois que j'ai raté un épisode. Je ne sais pas ce que le puceau a mangé aujourd'hui, mais il commence à m'énerver ! grogne Mike qui en a assez.

— Ta gueule, Mike ! Je ne suis plus puceau ! Tu crois que toutes les filles te sont destinées ou quoi ? Ce n'est pas parce que tu es le plus riche que nous, les autres rois, nous sommes de la merde !

— Tu commences à m'énerver, Wilson, parle-moi encore une fois comme ça et tu ne feras plus partie de notre équipe !

— Quoi ? Tu es sérieux ? Tu oserais trahir un roi pour une rebelle ? Tu oserais me bannir de mon équipe ?

— Bon, Wilson ! Déjà, tu vas commencer par te taire et rester où tu es, il n'est pas question que mon cousin nous trahisse pour qui que ce soit ! E oui, si tu continues à nous manquer de respect, c'est moi qui te sortirai de notre équipe et non de la tienne, car il faut le dire, tu es nul ! Et si tu es là, c'est grâce à ton statut de roi et non à ton talent, alors mon choix sera vite fait ! lance Andrew Pears avec fermeté.

Tous les rois rigolent, mais ils sont étonnés par la tournure que prennent les choses. Ils ne sont pas à l'abri de sauter de l'équipe de football américain du lycée. Matthew Wilson a failli en faire les frais. Il se rend compte maintenant à quel point sa place ne tient qu'à un fil, il commence à avoir peur, car s'il y a bien quelque chose à laquelle il tient le plus, c'est à son statut dans le lycée. Il veut sortir avec Elisabeth Pears et, pour cela, il doit être un roi et non un bourgeois.

— Si je suis dans cette équipe, c'est parce que je le mérite ! Et si tu ne me crois pas, demain, on pourra s'entraîner ensemble ! Et si je te dis que ton cousin regarde un peu trop une rebelle, cela me concerne ainsi que nous tous. Nous sommes des rois, on ne se mélange pas avec les rebelles et si ton cousin ne se sentait pas visé, il ne le prendrait pas aussi mal !

— Mon cousin ne le prend pas mal, c'est juste que tu lui parles mal et que tu vas arrêter tout de suite ! Si tu t'imagines des choses, Wilson, il faut consulter. Maintenant, tu la fermes, tu vas laver ta bite de puceau et tu vas arrêter de casser les couilles ! gronde Andrew Pears qui ne plaisante plus.

— Un jour, je te le prouverai, Andrew, et tu ne me parleras plus jamais ainsi !

— Oui, oui, bien sûr Wilson ! Casse-toi de ma vue !

Mike en a assez, avec beaucoup de haine, il regarde Matthew Wilson prendre ses affaires pour aller se laver avec ses amis. Tous les rois l'observent avec étonnement. C'est bien la première fois qu'on le regarde ainsi, il se sent bizarre. Il n'est pas un ennemi, mais il pouvait le devenir si cela tournait au vinaigre. Mike Pears a le meilleur statut chez les rois, mais à cause de Matthew Wilson, le doute a commencé à s'immiscer chez les autres rois du lycée. Comment un petit roi de pacotille arrive-t-il à parler comme cela à un élève comme lui ? C'est qu'il a les arguments qu'il faut pour l'affronter et, cette fois-ci, Matthew Wilson n'a pas tort, c'est vrai, Mike regarde Rebecca Gomez amoureusement. Dorénavant, il va devoir faire doublement attention, il a changé depuis qu'il est tombé amoureux d'elle.

Il est 20 heures et Mike Pears joue sur sa Play Station trois. Il joue au foot comme un acharné, il essaie de penser à autre chose, car Matthew Wilson est dans sa tête. Il n'arrive toujours pas à croire que ce type a réussi à le déstabiliser. Son cerveau est en feu, il joue avec toute la rage possible, il insulte même les joueurs avec qui il est en live. Il reçoit un message sur son portable d'Andrew Pears, son bien aimé cousin qui l'avait protégé dans le vestiaire.

Ce soir à 21 heures, on fait une soirée à la maison, on a invité les nôtres !

Viens !

Je t'adore mon cousin.

Andrew

Mike Pears n'a pas du tout la tête à ça, il retire son casque et regarde à nouveau le message de son cousin. Il se voit mal faire la fête avec la haine dans le cœur. Au moment de lui écrire pour annuler, il reçoit un autre message.

Ah ouais ! J'ai oublié de te préciser que mes parents ne sont pas là !

Donc bouge ! Je t'attends !

Mike Pears réfléchit, il prend le temps d'éteindre sa console et la télévision avant d'aller se doucher pour reprendre ses esprits. Pendant qu'il s'essuie, il saisit son téléphone et répond à son cousin.

J'arrive…

Mike Pears a encore la tête en feu, il veut sortir prendre l'air. Sa chambre, il en a assez ! Il s'habille, se parfume, se fait beau et sort. Il descend les escaliers de sa belle demeure tout en regardant les gigantesques peintures de ses ancêtres accrochées au mur.

— Où vas-tu, mon fils ? demande la mère de Mike qui arrive dans l'immense hall d'entrée, bien habillée et parfumée de Chanel numéro cinq, pour aller au restaurant avec son mari.

— Je vais chez Andrew, il fait une soirée. À tantôt, maman…

Il prend sa belle voiture et sort de son magnifique domaine, il traverse la jolie forêt privée qu'il est le seul à posséder, ouvre le portail à l'aide d'un boîtier et part rejoindre son cousin et sa chère cousine…

Il roule en écoutant sa musique préférée. Quinze minutes plus tard, il arrive devant chez son cousin, sort de la voiture et sonne. Le portail s'ouvre automatiquement, Mike Pears remonte dans sa voiture et parcourt le beau domaine en baissant légèrement sa musique. Arrivé devant la maison, impossible pour lui de se garer près, car tout le lycée est là, c'est la méga fiesta. De là où il est, il entend la musique. Il regarde la maison de loin. Ils font la fête, sans gêne, pendant qu'ils tuent des gens et les torturent parce qu'ils n'ont pas suivi les lois. Jusqu'à présent, cela ne le choquait pas, car c'est le travail de son oncle et de sa tante de faire le nettoyage. Mais là, cela le touche, car il aime une rebelle et il pourrait se retrouver dans cette maison. Cela lui glace le sang de penser qu'il pourrait être en train de mourir à l'intérieur à cause de ses choix. Les rôles s'inversent et il n'aime pas ça du tout. Il veut parler avec son cousin pour voir s'il ne s'imagine pas des choses. Jamais il ne le tuerait, car c'est un Pears, il fait partie de la famille. Non, il n'y croit pas, mais n'essaie-t-il pas de se rassurer ?

Tous les rois du lycée sont là, la fête est au rendez-vous, du monde, de l'alcool, de la drogue, des filles et de la musique à s'en casser les oreilles. Mike Pears dit bonjour à tout le monde avec un sourire forcé, le seul qui ne veut pas croiser, c'est bien Matthew Wilson ! Et jusqu'à présent, il ne le voit nulle part. On lui donne de l'alcool. Il parcourt la maison à la recherche de son cousin qu'il trouve dans la gigantesque cuisine avec sa sœur, un peu éméchée, qui rit aux éclats. Beaucoup de rois sont autour d'eux. Ils rient et dansent, le seul qui n'a pas la tête à ça, c'est Mike Pears qui ressent pour la toute première fois un dégoût envers eux. Il ne se sent clairement pas à sa place.

— Oh mon cousin ! Je suis tellement content ! Je croyais que tu n'allais pas venir ! Allez, viens ! lance Andrew devant tout le monde.

Il se dirige vers lui pour le serrer dans ses bras, sa sœur Elisabeth est là à les regarder avec son verre à la main.

— Je suis content que tu sois venu, surtout que je voulais que tu sois là pour enfin arranger les choses…

Au moment où Andrew Pears glisse ces mots dans l'oreille de Mike, Matthew Wilson arrive près d'eux avec un verre d'alcool à la main, visiblement très fier de lui.

— Pourquoi l'as-tu invité ? Je ne voulais pas le voir, ANDREW ! grogne Mike Pears très en colère en jetant un regard noir à son cousin.

— Oh là là, Mike ! C'est bon, arrête d'en faire un plat ! Tu exagères, comme toujours ! Les disputes, ça arrive, mais nous, les rois, on se réconcilie toujours, on est unis pour toujours, Mike. Tu ne vas pas rester fâché pour une rebelle, n'est-ce pas ? Notre clan est plus important que tout ! On ne va pas se disputer pour un chien des rues ? lance Elisabeth d'un air amusé.

Tous les rois pouffent de rire, tout le monde s'amuse sauf Mike qui a envie de s'en aller. C'est la première fois qu'il ressent ce vide en lui, cette solitude qu'il n'a jamais éprouvée avant. L'argent, la popularité, c'est sa vie, mais depuis peu, c'est quelque chose qu'il n'apprécie plus du tout. On ne le fréquente pas parce qu'on l'apprécie, mais bien parce qu'il est Mike Pears.

— Je n'ai pas envie de me réconcilier avec un gars qui s'imagine des choses et qui, en plus, se permet de me parler comme cela !

— C'est bon, je m'excuse, Mike ! Tu me dois juste un autre entraînement devant le coach. Ce ne sera pas trop difficile pour toi de me battre, non ? le mets au défi Matthew Wilson avec assurance.

— Allez, Mike, un entraînement pour la paix, ce n'est pas de refus, mon cousin ? Tu ne vas pas rester fâché pour des bêtises comme cela. Cela arrive à tout le monde de se tromper ? dit Andrew Pears dans l'oreille de Mike en lui tapotant le dos.

Andrew Pears a une telle emprise sur Mike, qu'il accepte sans broncher devant tout le monde. Il voit bien qu'il se tape la honte devant tout le lycée. Il sait une chose, il n'a pas pardonné à Matthew Wilson et il n'a rien oublié du tout ! Il retient juste la leçon pour la prochaine fois. Mike aime beaucoup son cousin, mais, sur ce coup-là, il est hors de question pour lui de pardonner.

— MAZEL TOV ! hurle Elisabeth avec le sourire.

La soirée reprend de plus belle. Mike regarde tout le monde autour de lui, il observe toutes les filles et aucune ne l'attire comme Rebecca Gomez. Il a beau essayer de nier, il est amoureux de cette fille aux longs cheveux noirs.

— Viens avec moi… dit Andrew Pears dans son oreille.

Mike suit son cousin en parcourant la maison bourrée de monde, jusqu'à ce qu'ils entrent dans la chambre de son oncle et de sa tante qui ressemble plus à un appartement qu'à une chambre. Mike suit son cousin, ils pénètrent dans une petite bibliothèque pleine de livres anciens où se trouve un magnifique bureau d'époque avec une jolie lampe en verre vert posée. Il connaît bien cet endroit, quand ils étaient petits, ils aimaient jouer dans cette pièce.

— Voilà ma pièce favorite. Comme tu le sais, je suis fasciné de voir ce que mon père fait. En ce moment, il y a deux rebelles qui ont été un peu trop loin et papa doit faire le nettoyage. Regarde-les !

Andrew Pears appuie sur un livre bien précis et la bibliothèque s'ouvre pour laisser apparaître un grand écran que Mike connaît très bien.

— Regarde-les ! Pendant que nous faisons la fête, eux sont en train d'agoniser ! Ahah haha…

— Ils ont fait quoi ?

— Oh… Toujours la même chose, ils essaient de prendre ce qui nous revient de droit, encore la drogue, tu connais la chanson, ils sont trop gourmands. Ils sont des chiens, ils doivent se contenter des os qu'on leur donne ! Ils savent très bien où est leur place. La majorité le sait, mais il y a toujours quelqu'un qui essaie et c'est triste ! Notre statut et nos clans sont là depuis le début, nos lois sont faites depuis notre naissance, l'Amérique est faite ainsi, on ne peut pas la changer, il y a toujours eu nos trois clans, alors je ne vois pas pourquoi encore aujourd'hui, notre famille doit faire le nettoyage, c'est tellement évident ! Ce sont des Patouzas ! Le vieux ne crève toujours pas ! lance Andrew Pears en sirotant son verre.

— Je vois…

Mike Pears s'approche et regarde les deux hommes attachés, en train d'être torturés par des machines. Il en a l'habitude, mais il est mal à l'aise, car il s'imagine dans cette pièce à cause de son amour pour Rebecca Gomez.

Andrew Pears se dirige vers un meuble ancien rempli de photo de sa famille.

— Tu vois, Mike, un jour, c'est nous qui ferons le ménage, on régnera tous les trois et nos parents seront fiers de nous ! Notre statut est indéfectible, cela a toujours été comme cela, nous sommes des rois et notre devoir est de régner. Il y a une très grande hiérarchie jusqu'au président des États-Unis, nous sommes les plus bas dans l'échelle, alors imagine ça une seule seconde ! Mon père ici ne fait rien d'extraordinaire, il y a encore plus haut que nous, mais si toute notre hiérarchie fonctionne, c'est parce que nous faisons ce qu'il faut pour que cela continue… Si tu veux avoir une belle vie Mike, il faut tout faire pour que nos chefs soient fiers de nous ! C'est ton devoir de te faire respecter et de faire tout ton possible pour que les rois s'entendent ! Nous, les Pears, nous sommes les chefs, nous sommes les Alfas et tu dois prendre conscience de ton rang que tu as tendance à oublier !

— Ce n'est pas vrai ! Je prends conscience de cela, c'est juste que notre vision n'est pas réaliste ! Tu ne pourras jamais t'entendre avec tout le monde, Andrew ! Les gens sont faux avec nous. Si on n'avait pas tout cet argent, personne ne nous regarderait, on ne nous aurait jamais respectés ! Si on était des rebelles, tu crois vraiment que tu aurais la vie que tu as maintenant ?

— Mais justement, Mike, nous ne sommes pas des rebelles ! Tu penses toujours de travers…

— Non je suis réaliste, il y a des rois avec qui je ne m'entends pas ! Et c'est comme ça ! Tu ne peux pas m'obliger à m'entendre avec tout le monde !

— Bien sûr que si, MIKE, car c'est ton DEVOIR ! C'est NOTRE devoir à TOUS, nous sommes des PEARS ! Tu n'es pas un simple roi, l'as-tu oublié ? aboie avec colère Andrew Pears qui ne plaisante visiblement plus.

— Je peux te poser une question Andrew ?

— Bien sûr…

— Et si je tombais amoureux d'une bourgeoise ou d'une rebelle, tu me ferais quoi ?

— Tu veux vraiment savoir ?

— Oui, j'aimerais savoir !

Andrew Pears s'approche de Mike avec un regard de pitié et lui touche l'épaule en soupirant. Puis, il regarde l'écran où les deux Patouzas sont déjà morts, la tête décapitée sur le sol.

— Si tu veux finir comme eux, dis-le tout de suite…

CHAPITRE 8

NOTRE PREMIER RENDEZ-VOUS SUR UN BOUT DE PAPIER

Je me lève de mon lit et je souhaiterais sécher les cours. Je ne sais pas pourquoi, mais même si je veux voir Mikki et Tonio, l'envie n'est pas au rendez-vous. En fait, j'ai envie de ne voir personne. Ces derniers temps, Matthew Wilson m'a vraiment mise à bout avec Elisabeth Pears. Le voir en classe me donne envie de vomir, j'ai l'impression d'être une souris dans un piège, je me sens suivie et surveillée et je déteste ça ! À cause d'eux, je ne peux pas profiter pleinement de mon amour pour Mike, même si je suis folle, même si je sais que cela ne se fera jamais, il m'obsède. Matéo tourne toujours autour de moi, il est beau, adorable, mais je n'y arrive pas et je ne veux pas m'obliger, même si cela était plus facile. Il n'y a rien à faire, je suis amoureuse de Mike Pears. Cela m'énerve, car finalement, je ne le connais pas et il ne me connaîtra jamais, alors pourquoi je force ? Pourquoi suis-je encore là à penser à lui jour et nuit ? Pourquoi dois-je mentir à mes amis sur le fait que j'aime ce garçon ?

Je m'embrouille la tête dès le matin et cela ne va pas du tout ! Je dois aller en cours et je suis déjà énervée. Je suis contrariée tout le temps et mes amis le voient, mais ils préfèrent ne rien dire, car je suis la fille d'Alejandro Gomez et l'être n'est pas facile, ni pour moi ni pour eux. Les gens ont peur de moi et je le vois, ma communauté en tout cas ne me parle pas de la même manière, il me respecte plus que les autres du lycée. Je voudrais être honnête, mais je ne le peux pas, je suis aussi folle que mon père, j'aime l'interdit et j'aime les choses qu'il ne faut pas aimer ! Pourquoi Mike m'attire-t-il toujours autant que le premier jour ? Pourquoi me regarde-t-il de cette façon ? Car lui aussi me regarde avec intensité, je ne suis pas dingo, je sais que je lui plais et cela n'est clairement pas normal, c'est un roi ! Et un Pears ! Comment est-ce possible ? Si j'étais seule à l'aimer, mais que lui me détestait, comme Matthew Wilson, cela irait ! Mais là, ce n'est pas le cas, je lui plais et cela me fait douter énormément… Est-ce qu'il me trouve belle ? Ou c'est pour se foutre de moi et m'avoir à la fin ? Qui sait ?

Je suis perdue…

— Bon tu te lèves, sœurette ! toque Roberto en ouvrant légèrement la porte avec le sourire.

— Je n'ai pas envie d'aller en cours…

— Moi non plus, tu sais, mais c'est comme ça ! Tu ne fais que dormir ! Allez, bouge ton cul, ma future Punisher !

— J'arrive ! je lance avec un soupir.

Nous déjeunons avec nos parents. Matéo et sa bande viennent nous chercher pour aller au lycée. Je ne suis pas d'humeur à discuter, j'ai la tête en feu, mes idées partent dans tous les sens. Je n'arrive clairement pas à réfléchir, je n'ai qu'une seule envie, foncer sur Mike Pears pour lui tirer les vers du nez ! Mais je ne pourrais jamais faire cela devant tout le lycée, je serais cuite, voire même morte. Je dois trouver une solution pour aller lui parler sans me faire voir par qui que ce soit, personne ne doit nous voir, mais le faire quand ? Il est toujours avec son cousin Andrew et sa cousine Elisabeth Pears, tout le lycée est justement tout le temps autour de lui. Je suis audacieuse, je trouverai un moyen, il y en a forcément un, bon sang !

Je rentre dans le lycée et je vais vers mon casier, je regarde les élèves passer et vaquer à leurs occupations. Nous, les rebelles, nous ne sommes pas importants. Sauf, que je remarque bien que les rois me regardent plus que d'habitude. À mon avis, ma dispute avec Matthew Wilson et Elisabeth Pears a dû faire jaser chez les rois. Peu importe, je suis vénère et Matthew Wilson n'a pas intérêt à me chercher aujourd'hui ! J'ouvre mon casier pour ranger mes affaires, sur la gauche, je remarque un bout de papier que je n'avais jamais vu jusqu'à présent. Je me doute bien de quelque chose, ou plutôt, je m'attends au pire maintenant. Je déplie ce petit bout de papier en essayant de le cacher au mieux pour que personne ne le voie par-derrière.

C'est moi, Mike Pears, je sais que c'est lâche de ma part... mais je n'ai pas le choix de le faire ainsi. Sache que tu me plais depuis le premier jour, je ne cesse de penser à toi, je sais que nos statuts nous l'interdisent, mais je veux essayer, je ne peux nier ce que je ressens pour toi !

Si tu veux me voir, je te donne rendez-vous samedi à la plage de Santa Monica Beach en dessous du pont à 14 heures, les rois ne traînent pas trop là-bas... Si tu viens, écrit un V avec un Bic sur mon casier.

Bises, Mike Pears

Je prends le temps de le lire trois fois, je n'en reviens pas, je crois rêver. Mon cœur bat à mille à l'heure et mon cerveau est en feu. IL M'AIME !

Je le savais ! Tout ce temps passé à douter et à réfléchir, ce n'était pas pour rien, je ne doutais même pas de lui et, pourtant, je le devrais. Mais je ne sais pas pourquoi, Mike est différent, je n'ai jamais douté de son regard envers moi. Même si c'est interdit, je l'aime et puis tant pis pour tout le reste, c'est ma vie, c'est notre vie !

Je vais vite me cacher dans les toilettes pour attendre la sonnerie, je veux laisser passer du temps pour pouvoir écrire sur son casier un petit V plein de sens. Pendant ce temps, je réfléchis encore une fois pour ne pas céder à mes émotions. Je sais que c'est risqué, et si c'était un piège ? Je n'arrive pas à l'imaginer me faire une chose horrible et s'il y a quelqu'un qui ne m'inquiète pas, c'est bien Mike Pears ! Oh et puis tant pis, on verra ! La seule chose à faire sera de mentir à mon père ! *Il est temps pour moi de devenir égoïste !*

C'est le moment, je prends soin d'ouvrir doucement la porte des toilettes et je sors. Comme une petite souris, je parcours le couloir du lycée en regardant bien s'il n'y a personne à l'horizon. Arrivée au casier de Mike Pears, je prends rapidement un Bic dans mon sac et j'écris un V. qu'est-ce que je suis fière de moi, même si j'imagine tous les élèves du lycée derrière moi, m'observant stupéfaits. Mais c'est seulement dans ma tête, tout est calme et il n'y a personne aux environs. C'est la première fois que je fais quelque chose pour moi, je pense enfin à mon bonheur personnel et pas à celui des autres.

Je traverse ensuite les couloirs pour aller à mon local de sciences et j'entends la voix de Matthew Wilson. Je m'arrête et me cache pour écouter ce qu'il a à dire. Il parle avec un autre roi de ma classe et je me demande bien ce qu'ils font encore là, ils devraient être en cours, maintenant !

— Tu n'aurais pas vu cette garce de Rebecca Gomez ? Je l'ai vue rentrer au lycée, mais elle n'est pas en cours ! Tu sais, je me méfie d'elle et de Mike Pears, même si on est réconciliés… Je sens qu'il ment, c'est un drôle de type, je suis vraiment étonné qu'un Pears soit comme lui. J'aurais rêvé d'être à sa place et lui, il part complètement en vrille ! Il doit se faire soigner ! Moi je te le dis mon pote, lui il est dingue de cette rebelle. Ne fais pas genre, tu sais que j'ai raison !

— Je te crois, tu ne dois pas te justifier Matthew ! Je déteste cette Rebecca et toute cette bande de chiens ! lance Jason Brown, le meilleur ami de Matthew Wilson, un autre roi et un autre salaud parmi tant d'autres.

— Je les surveille de près, car je veux prouver à Andrew que j'ai raison ! Et puis, si je sais prouver cela à Elisabeth, elle pourra enfin un peu plus me respecter, tu vois ce que je veux dire ? Je la veux pour moi et je vais tout faire pour y arriver !

— Je sais, Matthew. Cela fait longtemps que tu te bats pour avoir son amour, mais fais juste attention à ne pas te brûler les ailes, elle reste une Pears, elle est d'un autre niveau que nous… répond Jason Brown un peu sceptique.

— Je sais, mais je dois lui montrer que je ne suis pas un simple roi. Je veux cette fille, je la veux pour le bal de fin d'année et si j'arrive à prouver que Mike et Rebecca s'aiment, ben, je pourrais avoir une place dans sa vie. Si elle me demande de tuer son cousin et cette Rebecca, je le ferai sans hésiter. C'est Elisabeth qui compte et personne d'autre…

C'est plutôt moi qui ai envie de te tuer, Matthew Wilson ! Je n'arrive pas à croire que ce fou est dans ma classe, il ne va jamais me foutre la paix, ma parole ! Je sais maintenant pourquoi Mike se cache, je sais pourquoi il a fait cela, il craint sa communauté ! Il n'est pas libre de m'aimer ! Je n'en crois pas mes oreilles… Comment est-ce possible ? Je comprends tout, lui et moi sommes dans la même situation… Et moi qui croyais que j'étais la seule ! En fait, beaucoup de lycéens sont comme nous, beaucoup s'aiment, mais, comme ils ne peuvent pas être ensemble, ils souffrent en silence, c'est horrible ! On appelle ce lycée Liberty, mais on est tout sauf libre. Que signifie la liberté, finalement ? Il est hors de question que je vive ainsi, même si ce sont les lois des États-Unis. J'ai le droit d'aimer qui je veux ! On est tous libres d'aimer qui l'on veut ! Mon père est un tueur à gages, alors ce n'est pas Matthew Wilson qui va me faire peur, loin de là !

On est samedi, le soleil est au rendez-vous. Je suis la plus heureuse de la maison, mais j'essaie de ne pas trop le montrer. En effet, en temps normal, je ne suis pas souvent joviale, donc je dois contenir ma joie et ma bonne humeur. Je suis dans ma chambre, il est 10 heures, j'ai les yeux grands ouverts, je fais le hibou depuis au moins une heure, je cogite depuis un moment. Hier, j'ai demandé à Matéo de me prêter sa voiture pour le début d'après-midi, j'ai même pris la précaution de prévenir mes parents. Bien évidemment, mon frère m'a demandé s'il pouvait venir avec moi. J'ai réussi à mentir en prétextant que Mikki et Tonio allaient peut-être me rejoindre, mais rien de sûr.

En gros, j'ai inventé un gros mensonge, car je voulais être seule et surtout passer mon après-midi avec Mike. Matéo a insisté pour m'accompagner, j'ai tout fait pour que personne ne puisse venir. Est-ce que je peux être seule, pour une fois ?

J'ai beaucoup réfléchi à ce qu'il pourrait m'arriver si jamais tout est faux… J'ai conclu que j'assumerai, j'y ferai face et puis, c'est tout ! Je suis une Gomez, j'ai vécu tellement de choses que personne ne me fait peur. J'assume mes actions et j'en suis heureuse, j'accepte les erreurs que je peux faire. De toute façon, je vais aller au rendez-vous, alors pourquoi encore douter ?

Je prends le temps de déjeuner et de me préparer. Je m'apprête comme si j'allais au lycée, je n'ai rien fait qui puisse éveiller les soupçons, j'ai fait comme à mon habitude. Même mon frère n'a rien vu de suspect, car il arrive de temps en temps que je prenne la voiture de Matéo. La seule chose qui me préoccupe est que je n'ai pas le numéro de téléphone de Mike. Et si je ne le trouvais pas ? Je pars à ce rendez-vous à l'aveuglette en fait, j'y vais comme à l'époque de mes parents. Beaucoup de questions et si peu de réponses… Il est temps pour moi de partir et de le retrouver.

Je prends la voiture de Matéo. Je roule normalement, même si j'ai le cœur en feu. Il bat à tout rompre sans que j'arrive à le calmer. Je suis excitée de le voir enfin en face de moi, j'ai surtout hâte de l'entendre parler. Je roule paisiblement, mais je me fais toujours des films. J'ai peur que des rebelles me suivent ou que je me fasse remarquer, je ne veux surtout pas que l'on sache que je vois Mike Pears. Je prends quelques raccourcis pour éviter les grandes avenues de Los Angeles et je suis rapidement à la *Santa Monica Beach*. C'est ma plage préférée, j'adore y aller. Je réussis à trouver une place loin des regards et je continue à pied. Je regarde les gens autour de moi, je ne veux surtout pas croiser quelqu'un que je connais. Arrivée devant la grande roue, comme je m'en doutais, il y a beaucoup de monde, alors je passe par la plage pour rejoindre le dessous du pont en bois qui surplombe le paysage. Je sens de bonnes odeurs de nourriture et j'entends des gens parler et rire au-dessus de moi. Je suis rassurée, car je ne suis pas seule au milieu de nulle part. J'ai toutes les chances de mon côté, il fait magnifique, il y a du monde, je suis en position de force et j'ai hâte de voir Mike Pears.

Je continue à marcher et je m'enfonce en dessous du pont. Il fait de plus en plus sombre, je cherche Mike Pears des yeux, jusqu'à ce que j'aperçoive une silhouette en train d'attendre près d'un grand poteau en bois. Je ne sais pas si c'est Mike, car il n'est pas habillé comme d'habitude, il est vêtu totalement de noir, pull, jeans et casquette. Je doute, mais je m'approche quand même jusqu'à arriver près de ce garçon qui est bien mon beau Mike Pears. Je ne l'ai jamais vu habillé ainsi, on dirait un rebelle… il est superbement beau. Je suis dans tous mes états, je ne sais pas quoi lui dire.

— Tu es quand même venue… lance Mike Pears, très étonné.

— Les rebelles ont une parole. Pourquoi te dire que je viens si je ne viens pas, je ne vois pas l'intérêt…

Mike me regarde amoureusement. Je peux le voir de très près, enfin l'admirer comme je le veux. Il n'y a rien à faire, je suis folle de lui.

— Je suis désolé pour tout. C'est à cause de moi si tu as eu tous ces problèmes avec Matthew Wilson. J'ai fait ce que j'ai pu, mais ma communauté n'est pas si facile à vivre. J'ai dû m'habiller comme vous pour passer inaperçu, car comme je te l'ai dit, les rois ne viennent pas ici, c'est trop *pauvre* pour eux. Dans un sens, cela m'arrange, car je peux enfin être moi-même et vivre ma vie ! Je ne suis pas heureux et je pense que tu le sais, même si on ne se connaît pas.

— Bien sûr que je le sais, j'ai vu la pression qu'ils te mettent et qu'ils me mettent pour que l'on ne soit pas ensemble, je l'ai vu, ne t'inquiète pas. Je n'arrive même pas à me l'imaginer, même si je le vis aussi vis-à-vis de ma communauté. En quelque sorte, ils m'incitent à être avec Matéo, un ami, mon voisin, mais je ne le veux pas ! Je ne peux pas vivre pour moi, je me sens en cage…

— Je sais, moi aussi. Je sais pour Matéo, je t'observe depuis le début, ce garçon ne t'intéresse pas… Depuis que l'on s'est vu la première fois, ce n'est plus la même chose, lance Mike Pears en rougissant sous sa casquette.

— Je le confirme ! Je suis très heureuse de ce que tu as fait pour moi, cela me touche énormément. Tu as enfreint les lois pour une rebelle, sans réfléchir. On va avoir des problèmes, Mike, sache-le…

— Je m'en fous ! J'ai des sentiments pour toi, Rebecca, je ne rigole pas là-dessus ! Si je dois tout perdre, eh bien, je perdrai tout. Je ne peux pas vivre une vie qui ne me correspond pas, ma famille m'impose une ligne de conduite, mais je suis maître de ma vie. J'aime une rebelle et je m'entends très bien avec les bourgeois, pourquoi avoir une vision aussi radicale ? Je n'ai jamais compris cela. Je trouve que ce pays est mal constitué, on condamne tout le monde sans le vouloir. J'étouffe tellement depuis quelque temps, je ne sais pas toi, mais moi je n'en peux plus. En plus, je suis surveillé par la bande de Matthew Wilson... Je les hais tous !

— On est sur la même longueur d'onde, Mike. Je vis cela comme toi et j'ai aussi des sentiments pour toi. Je veux essayer, quoi qu'il arrive, même si cela ne sera pas facile. On n'a rien à perdre... De toute façon, qu'on le veuille ou non, on s'aime. Je ne vois pas ce qui changerait, que l'on se voie ou non, nos sentiments seront toujours là, alors autant en profiter même si ma vie en dépend. Je ne peux pas vivre pour eux, je ne le pourrais pas !

— Moi non plus ! Je sais que tu es une Patouzas, ton père est Alejandro Gomez, ce n'est pas n'importe qui dans ta communauté. Moi, je suis un Pears, de ceux qui liquident ceux qui ne respectent pas les lois alors que moi-même je ne les respecte pas...

Mike est triste, il est détruit, sa situation le met au pied du mur. Je n'ai jamais vu un roi aussi malheureux que lui. Cela fait des années que je vais au lycée et que je vois des rois, mais lui, il est unique, il est Mike Pears.

— Nous sommes deux personnes opposées, je suis Juliette et toi Roméo, nos familles sont vouées à l'échec et si on doit mourir pour cela, eh bien, je prends le risque, Mike ! je lance décidée.

Mike regarde le sol, il a le cœur brisé, il se sent seul, vraiment seul au monde.

— Je prends le risque aussi, je ne veux plus continuer comme cela. Je veux être avec toi, on va tout faire pour garder notre amour caché, je vais tout faire pour passer inaperçu. Il faudra faire très attention, Rebecca, même avec ta communauté, ne fais confiance à personne !

— Je le sais ! Je ne dirai rien à personne, je le garde pour moi. Personne n'acceptera notre amour, de toute façon… Je n'ai pas le choix de le garder pour moi, Mike.

Mike s'avance vers moi et me prend dans ses bras, le cœur battant. Il est très heureux que je ressente la même chose que lui, il se sent compris et moi aussi. Je le serre très fort dans mes bras. Le vent nous entoure avec sa belle chaleur et le soleil surplombe toute la plage, c'est le plus beau jour de notre vie à tous les deux.

— Je vais tout faire pour te rendre heureuse, je vais te montrer ce que sait l'amour, le vrai ! Tu pourras toujours compter sur moi, je vais faire ce que je peux pour nous cacher de cette misère et après on avisera…

— Tu y crois vraiment à notre avenir ?

— Bien sûr, mais loin d'ici…

— Loin d'ici ? je demande étonnée.

— Tu as dit que nous sommes Roméo et Juliette ? Mais nous, on ne va pas mourir, il est hors de question de mourir pour eux. Moi je veux vivre, mais auprès de toi.

— Tu serais capable de tout quitter pour moi ?

— Rebecca, c'est cela le vrai *amour*.

— Si c'est vraiment ton plan… je te suivrai.

— J'espère bien…

Mike prend mon visage entre ses mains et m'embrasse. C'est la chose la plus merveilleuse que j'ai vécue jusqu'à présent. C'est sincère et passionnel, tout ce que je n'ai jamais eu. Il est l'amour de ma vie et si je devais recommencer, je le ferais sans hésiter, encore et encore.

CHAPITRE 9

LA MAFIA FERNOZAS

Il est 23 heures à Los Angeles et, non loin de là, au bord d'une plage, se trouve un quai bien isolé des Fernozas. Il est rempli de petits yachts de la mafia bourrés de cocaïne. Ils viennent d'accoster et sont entourés d'hommes qui commencent le travail pour les colliers de sang. Les hommes des Fernozas sont pour la plupart des Mexicains, tatoués, moches et dangereux. Leurs soirées commencent à 23 heures et durent jusqu'au petit matin. Il n'y a jamais de pause pour eux, ils bossent du lundi au dimanche pour leur chef qu'ils nomment le collier de sang. Ils sont les ennemis des Patouzas, ils détestent tous le chapeau noir dont ils disent qu'il ne manque de rien, qu'il est vieux et qu'il est toujours sur son trône en attendant la mort. C'est en fait plus de la jalousie qu'autre chose… car il a tout ce qu'il veut dès qu'il claque des doigts et, en plus, il a la meilleure part du gâteau concernant la came et tout le reste. La famille Fernozas en a assez de cette suprématie, ils veulent absolument détruire la mafia des Patouzas et, pour cela, rien de tel que le travail et l'acharnement pour y arriver. S'il y a quelqu'un qui peut le faire, c'est bien le chef des colliers de sang, *Gonzalo Fernozas*…

Cette mafia est particulière, car elle est composée de cinq frères qui ont tous une tâche bien précise dans le gang. Ils ne se disputent jamais et c'est bien grâce à cela que la mafia Fernozas a pu arriver à posséder un trône aussi rapidement. Les cinq frères sont mexicains, ils ont tous les cinq le tatouage d'un poignard ancien mexicain sur le cou. Ils font peur et ce ne sont pas des gens de confiance. Leur mafia est basée sur la peur et la menace, il n'y a pas de cœur, ni de valeur, la seule chose qui compte, c'est leur ego et leur famille, rien d'autre. Ce sont les plus gros salauds de Los Angeles et pourtant, des mafias, ce n'est pas ce qui manque, mais eux, ils sont sur une autre planète. C'est bien pour cela que la mafia des Patouzas craint beaucoup leur apogée et voit cela d'un mauvais œil. Pour le chapeau noir, ils ne sont pas faits pour le business, ce sont des tueurs et des violeurs, des animaux et non des gens qui peuvent gérer une vraie mafia. Les Fernozas sont dans le collimateur du chapeau noir, il refuse que les colliers de sang réussissent à posséder quoi que ce soit dans Los Angeles. Il a honte d'eux, car ils font partie de sa communauté latino et le problème est qu'ils ne sont pas du tout civilisés. Au grand jamais le chapeau noir ne veut avoir affaire avec eux. Les Fernozas sont des traîtres, ce sont des démons déguisés et ce genre de personnages, le chapeau noir n'a pas envie de les avoir à côté de lui. C'est pour cela qu'il a décidé de choisir Alejandro Gomez pour faire un petit nettoyage utile pour leur communauté et pour sauver non seulement son trône, mais aussi la mafia des Patouzas.

Gonzalo Fernozas est dans un motel en face de son quai, il sodomise une prostituée dont il a à peine vu le visage. Il passe quasiment tous les soirs à coucher avec n'importe quelle femme dans son motel miteux de Los Angeles. Les fenêtres sont entourées de lumières roses fluorescentes, mais elles sont surtout assez grandes pour voir le quai d'en face. Tout lui appartient, il en est fier ! Il couche avec n'importe quelle femme pendant qu'il observe ses hommes travailler, il n'a ni honte ni gêne. Tout ce qui compte pour lui, c'est que ses affaires tournent encore et encore. Lui et ses frères ont bâti quelque chose de solide, il est fier de sa famille et il ferait tout pour qu'elle ne manque de rien, quitte à tout faire péter pour avoir ce qu'il veut.

Une fois sa sodomie terminée, il donne un coup de pied à la prostituée qui tombe du lit. Exténuée, elle ne réagit même pas.

— Donne-moi mon cigare, pute ! Et casse-toi de la chambre !

La prostituée le lui donne en tremblant et part rapidement, elle a peur de lui. D'ailleurs, qui n'a pas peur de lui ? ...

Gonzalo Fernozas allume son cigare et se place devant la fenêtre pour observer ses hommes transporter la came jusqu'à leurs voitures. Comme tous les soirs, toutes les marchandises sont là et tout fonctionne comme sur des roulettes. Gonzalo Fernozas est un homme grand, il a une grosse moustache, de gros sourcils noirs et les cheveux courts. Corpulent, il porte souvent un costume rouge ou beige avec un chapeau. Il est reconnaissable, car son charisme est à son paroxysme, il n'est pas beau, mais il impressionne tout le monde, même ses propres frères ont peur de lui. Très peu de ses hommes l'ont trahi, car ils savaient tous très bien à qui ils avaient affaire, ils savaient tous ce qui les attendait s'ils essayaient de le trahir. Gonzalo Fernozas est le plus gros des salauds et pour le trahir, il faut avoir les mêmes épaules que lui. Malheureusement, très peu y arrivent.

Il fume tranquillement son cigare et réfléchit à ses futurs plans pour lui et ses frères. Pendant qu'il cogite, son téléphone sonne. Il n'a pas envie de répondre, mais il est curieux, alors il décroche en regagnant son lit.

— Monsieur Gonzalo… Nous avons trouvé deux satanés Patouzas dans nos entrepôts, ils fouinaient comme des hyènes, il y a une femme et un homme, on les a ligotés. On en fait quoi, monsieur ?

— Ils ne peuvent vraiment pas nous laisser tranquilles ceux-là…

— Non, monsieur… La femme est jolie, si vous la voulez ? Ou alors on peut se la faire, monsieur ? Et la tuer après ? Nous faisons ce que vous voulez…

— Ne faites rien du tout ! Gardez-les en vie, je vais arriver…

— Non monsieur, ne vous dérangez pas, on vous les amène…

— Non, je vais bouger de mon motel, j'ai baisé cinq prostituées, je suis à sec. Et puis, j'ai besoin de me dégourdir les jambes, je vais arriver…

— Pas de souci, monsieur, on vous attend…

— Continuez votre travail et observez toujours les lieux, les Patouzas seront toujours des fouines, ils vont tout faire pour savoir ce que l'on fait, vous ne serez jamais à l'abri. Ne leur faites jamais de cadeau, est-ce bien clair ?

— Oui, monsieur, quelle question !

— J'espère bien !

Gonzalo Fernozas raccroche et continue de tirer sur son cigare. Il regarde son corps tatoué jusqu'au cou, il ne se trouve pas dans sa meilleure forme. Il fume tout au long de la journée, il boit trop de whisky, il passe son temps à dormir dans des motels sans se laver, il mange à n'importe quelle heure et prend de la cocaïne chaque soir pour tenir la cadence. Mais il n'est plus tout jeune et il n'est pas un exemple au niveau de sa santé. En revanche, pour ce qui est du boulot, il est le meilleur, il travaille dur et il est perspicace.

Gonzalo Fernozas prend le temps de se laver, lui qui passe son temps à se négliger, il essaie de se détendre et de penser à ce qu'il peut faire aux deux Patouzas que ses hommes venaient de trouver. Il est content de pouvoir s'extasier sur eux, il va pouvoir se venger du chapeau noir à travers eux. Il met un beau costume beige, son chapeau de la même couleur, du parfum sur son torse et profite de ce moment pour se coiffer. Il prend le temps de rassembler ses affaires, sort de la chambre et traverse un couloir sombre éclairé par des portes fluorescentes derrière lesquelles ses hommes prennent du bon temps avec des femmes. Tout le monde jouit et cela l'amuse, il est vicieux et voyeuriste, il aime bien se moquer de ses hommes et les regarder baiser. Il prend un ascenseur et sort de ce motel où il passe le plus clair de son temps. Il regarde les marchandises aller et venir et prend un nouveau cigare. Ses hommes lui font un signe de la tête avec respect. Il regarde avec fierté ce qu'il a bâti jusqu'à présent, il est fier de sa famille et de ses frères, il a hâte que sa mafia devienne aussi puissante que celle des Patouzas…

Gonzalo Fernozas prend son téléphone et appelle son chauffeur. Cinq minutes plus tard, une gigantesque Berline noire arrive devant lui.

— Bonjour, monsieur, où voulez-vous aller ?

— À l'entrepôt ! Je vais enfin pouvoir m'occuper un peu…

— Bien, monsieur !

Gonzalo Fernozas parcourt Los Angeles avec un sourire en coin, c'est une bonne nouvelle pour lui, il pourra enfin parler avec des Patouzas. Au fond de lui, il est fasciné par eux, mais en même temps, il a la haine, il veut être eux, il veut être le chapeau noir. Il regarde Los Angeles avec fierté comme s'il la possédait déjà, il toise chaque restaurant, chaque magasin avec arrogance comme s'il était le roi du monde. Il veut cette ville rien que pour lui et pour sa famille, il observe les gens, les voitures, les motos, chaque recoin de la ville, il veut l'avoir rien que pour lui. Gonzalo Fernozas ne dit rien pendant la route, il s'imagine tout dans sa tête et il a hâte de retrouver son entrepôt.

— Voilà, monsieur, nous sommes arrivés !

— Merci !

Il sort de la voiture et avance vers le bâtiment gardé par sa mafia. Deux hommes l'attendent à l'entrée, armés de mitrailleuses noires. Ils lui ouvrent la porte comme s'il était le président des États-Unis. Il y pénètre et regarde aux alentours. Tous ses hommes sont là à travailler, ils torturent, travaillent la came, chargent des armes et font des réunions pour agrandir les lieux en achetant des terrains et des quais. L'entrepôt grouille de monde et chacun a sa tâche bien précise. Lorsque Gonzalo Fernozas arrive, tous lui font un signe de la tête avec respect et tout le monde se tient à carreau plus que d'habitude. Il se dirige vers son bureau, s'assied pour prendre un verre de whisky, allume un autre cigare du Brésil et sirote son verre tout en regardant les caméras de surveillance. Il aime bien voir ses hommes travailler et puis il aime leur faire peur de temps en temps, car il est tout sauf stable. Gonzalo Fernozas est un homme fou et sans limites.

— Bonsoir, monsieur, j'espère que vous avez fait une bonne route. Les deux Patouzas vous attendent si vous le voulez… lance un jeune homme en entrant dans le bureau.

— Bien sûr que je le veux ! J'arrive !

Il siffle son verre d'une traite et sort de son bureau. Il marche rapidement jusqu'à arriver au fond de l'entrepôt. Quelques hommes sont là à l'attendre, tous plus impatients les uns que les autres. Une grande chaise en or attend Gonzalo Fernozas. C'est son trône, personne n'a le droit de s'y asseoir, il est très pointilleux là-dessus. Il arrive, s'assied tel le roi du monde, regarde ses hommes avec fierté. Il est heureux d'être là, il a surtout hâte de voir les Patouzas en face de lui.

— Voilà les Patouzas, monsieur…

Quatre hommes arrivent en portant les deux Patouzas sur leurs épaules. Ils les balancent comme deux sacs à patates en face de Gonzalo Fernozas qui rit aux éclats. Les deux Patouzas se retournent et le regardent avec colère. Ils ont la haine de n'être pas armés pour pouvoir le tuer, comme le ferait Alejandro Gomez à ce moment précis.

— Je n'aime pas ce regard, mes chers amis… lancent Gonzalo Fernozas avec froideur.

— Et comment vous voulez que l'on vous regarde ! Vous n'êtes que des animaux, des lâches et des brutes ! Avec votre trône de pacotille, vous essayez d'être comme notre maître, mais vous ne serez jamais le chapeau noir ! Vous n'avez pas sa prestance et encore moins son charisme ! aboie le Patouzas qui essaie de se relever malgré ses mains attachées.

— Je n'essaie pas d'être le chapeau noir, un jour j'aurai moi aussi mon empire et je détruirai tout ce qui s'agit des Patouzas ! Votre maître n'est qu'un vieillard avec des principes moyenâgeux, il ne se réinvente pas, vous avez toujours la même manière de travailler, vous êtes tous vieux dans votre tête ! Un jour, je passerai devant vous et il ne faudra pas m'en vouloir, c'est à vous de faire attention à ce qui va se passer à l'avenir…

— Si on est si vieux que ça, pourquoi sommes-nous la mafia la plus dangereuse d'Amérique, et ce, depuis des années ? lance la femme Patouzas qui tente elle aussi de se relever comme elle le peut.

— Un trône ne se garde pas longtemps, mes amis. C'est pour cela qu'il faut assurer ses arrières et votre maître est beaucoup trop vieux pour gouverner indéfiniment…

— Le chapeau noir n'est pas un trône qui faiblit. Bien au contraire, nous avons toujours des successeurs pires les uns que les autres. La différence entre vous et nous, c'est que vous, vous voulez ce trône rien que pour vous, mais n'oubliez pas que vous n'êtes pas invincible et que vous allez tôt ou tard mourir, monsieur Gonzalo Fernozas ! Vous, les colliers de sang, vous vous croyez supérieurs aux autres, vous pensez vraiment vivre éternellement ? Vous allez tous y passer un jour ou l'autre…

— C'est une menace ?

Les hommes de Gonzalo Fernozas prennent par derrière la gorge de l'homme Patouzas pour lui faire peur.

— Vous croyez que nous allons vous laisser faire ? Bien sûr que non, un jour viendra où vous n'arriverez même plus à dormir tellement nos hommes seront vos pires cauchemars !

— Ce jour viendra peut-être, mais en attendant ceux qui vont vivre un cauchemar ce soir, c'est vous, mes chers Patouzas !

— Nous sommes conscients du risque que l'on prend chaque jour. Si nous avons été tout en haut toutes ces années, c'est parce que l'on a mis tout en place pour garder le respect et la confiance ! Gouverner n'est pas une tâche facile ! Vous enviez les autres, vous voulez le trône des autres, mais sans rien foutre et en écrasant tout sur votre passage ! On ne devient pas le boss seulement en volant la came et en faisant des coups bas aux autres gangs, sinon, cela serait bien trop facile ! Vous les Fernozas n'êtes que des serpents, mais nous avons les bonnes personnes pour vous trancher la tête ! lance en regardant Gonzalo Fernozas avec haine la femme Patouzas qui est à genoux.

— Pourtant, grâce à notre savoir-faire, nous sommes là ! Aujourd'hui nous avons bâti notre petit business qui fonctionne du tonnerre, nous avons acheté des quais, des entrepôts et même des quartiers dans Los Angeles que le chapeau noir a perdu au fil du temps… Nous possédons énormément d'endroits que vous n'avez plus et que vous avez perdus… Si vous étiez si sereins, pourquoi avez-vous la rage ? Pourquoi avoir aussi peur de nous au point de nous surveiller même dans nos propres entrepôts ? Si le chapeau noir est si puissant, pourquoi aurait-il peur de vulgaires serpents comme nous ? Si votre maître est un lion, pourquoi aurait-il peur de cinq serpents dans la savane ? Tu sais, je crois surtout que votre manière de faire ne marche plus et que maintenant vous êtes en train de flancher ! Votre gang va tôt ou tard tomber et je serai sur votre trône. Un jour ma patience va payer ! dit Gonzalo Fernozas avec fermeté.

— À votre place, j'arrêterais de prendre mes rêves pour la réalité ! lance l'homme des Patouzas avec moquerie.

Gonzalo Fernozas le regarde avec colère. Il ne supporte pas de voir ses adversaires se foutre de lui, il n'accepte pas que cela puisse arriver, il ne veut pas entendre qu'il n'y arrivera jamais, car il a tout fait pour en arriver là, il veut le trône du chapeau noir.

— DIÉGO ! VIOLE CETTE PATOUZAS TOUT DE SUITE ET DEVANT MOI ! hurle-t-il.

Diégo, le plus fidèle des Fernozas, est étonné de ce que son boss lui ordonne de faire. Il regarde tout le monde autour de lui, tous les hommes lui sourient. Pour eux, Diégo a une chance inouïe…

— BANDE DE SALAUDS ! LAISSEZ-LA TOUT DE SUITE ! NE LA TOUCHEZ PAS ! crie l'homme des Patouzas le cœur brisé.

Gonzalo Fernozas regarde la scène avec fierté, il aime voir ses hommes nus devant lui. Pour lui, c'est une forme de soumission, il se considère comme le maître du monde. Dans sa tête, il possède ses hommes et il aime les voir démunis face à lui, il doit voir les autres nus et être le seul à rester habiller. Diégo viole la femme des Patouzas devant tout le monde. Il savoure de voir l'autre homme se décomposer…

— Pourquoi es-tu choqué ? Le chapeau noir fait bien cela avec toutes ses prostituées que je sache ? Vous n'êtes pas des anges ! Vous, les Patouzas, vous aimez bien prétendre que vous êtes tout blancs, mais vous êtes aussi mauvais que nous ! lance Gonzalo Fernozas avec un air de défi.

— Sauf que ce sont des prostituées et pas des Fernozas ! Voilà la différence entre vous et nous, sale enfoiré ! Un jour viendra où Alejandro Gomez vous tranchera la gorge, sales colliers de sang ! grogne l'homme avec les larmes aux yeux.

— DIÉGO, ARRÊTE! hurle Gonzalo Fernozas.

Le temps de quelques secondes, un long silence s'installe. Tout le monde attend la réaction du boss.

— Diégo, mets à genoux cette femme tout de suite ! lance Gonzalo Fernozas avec froideur.

Diégo relève la femme comme un chien face à Gonzalo Fernozas. Elle est nue devant lui et le regarde avec haine.

— Tranche-lui la gorge à la Fernozas !

— Bien sûr, monsieur !

Diégo prend son couteau et tranche la gorge de la femme des Patouzas comme un cochon de lait. Sa tête en arrière, comme un pantin, tout son sang tapisse le sol devant Gonzalo Fernozas qui sourit de plaisir. L'homme des Patouzas hurle de rage, il réussit à se lever et fonce tête baissée sur Gonzalo Fernozas qui rit aux éclats. Les hommes de Gonzalo le rattrapent et le mettent à genoux devant lui.

— JE VAIS VOUS TUER ! BANDE DE SALAUDS !

— Moi, je ne vois qu'un simple homme ligoté devant moi. Je n'ai pas de quoi trembler, mon cher ami ! Tu ne pensais quand même pas passer un agréable moment en notre compagnie ?

— Fais le malin, sale collier de sang, mais je sais très bien que tu as peur d'Alejandro Gomez, vous allez toi et tes frères y passer tôt ou tard ! Vous allez crever comme des chiens ! Ce que tu feras, on te le fera, ne te croit pas trop à l'abri dans ton entrepôt de pacotille ! Alejandro Gomez a signé le pacte et tu seras mort d'ici un an, alors profite bien de ton année de malheur ! Je préfère mourir égorgé que de mourir dans les mains d'Alejandro Gomez ! lance l'homme des Patouzas en souriant avec arrogance.

— ÉGORGEZ-LE À LA FERNOZAS ! hurle Gonzalo Fernozas en frappant sur son trône.

Diégo attrape la tête de l'homme et l'égorge de la même manière que la femme Patouzas. Il y met tant de haine que le sang de l'homme éclabousse son visage et ses habits, même Gonzalo Fernozas n'est pas épargné. Diégo n'a pas mesuré sa force, il prend peur en voyant son boss sali par le sang d'un Patouzas.

— ÉGORGEZ-LE ! hurle à nouveau Gonzalo Fernozas en se levant de son trône, tremblant de rage tant il est dégoûté.

— NON, S'IL VOUS PLAÎT, MAÎTRE, JE NE L'AI PAS FAIT EXPRÈS ! hurle Diégo qui est pris par l'arrière par ses propres hommes.

Diégo se fait trancher la gorge. Les hommes qui entourent Gonzalo Fernozas le regardent apeurer, ils se posent tous des questions sur leur boss. Il est dans tous ses états, il n'est visiblement pas bien du tout depuis l'annonce de l'homme Patouzas…

— Nettoyez-moi ça et apportez-moi un autre costume. Et je veux le même ! TOUT DE SUITE !

Gonzalo Fernozas part comme un voleur, il a la tête en feu, le cœur battant, il est de plus en plus stressé, il court jusqu'à son bureau, allume un cigare et siffle deux verres de whisky d'affilée. Ses mains tremblent, il regarde partout et il frotte ce sang dégoûtant qu'il a sur lui. Il prend le temps de s'asseoir et de réfléchir, il boit du whisky toute la nuit, il cogite sans cesse, à l'aide de ses caméras de surveillance, il regarde ses hommes nettoyer le fond de l'entrepôt en s'imaginant un jour être à la place du mort.

Il regarde son bureau, étire son bras et appuie sur un bouton rouge à sa droite. Une sonnerie retentit, comme un appel. Un écran sort de son bureau en bois et il se retrouve face à ses cinq frères. Il prend le temps d'inspirer un bon coup. Tous ses frères l'observent, il les voit tous, ils commencent à avoir peur, car ce genre d'appel n'a lieu que dans le pire des cas. Jamais Gonzalo Fernozas ne les avait appelés par ce biais.

Cela n'annonce rien de bon et ils se demandent tous ce qui peut arriver à faire peur à leur frère qui, d'ordinaire, n'a jamais peur de rien ni de personne…

— Mes frères de collier de sang… Nous devons discuter…

Non loin de là, près l'entrepôt des Fernozas, Alejandro Gomez est planqué derrière un mur en brique et observe avec ses jumelles. Il a bien remarqué que deux de ses camarades s'étaient fait attraper et il sait qu'ils ne reviendront jamais. Cela fait un moment qu'il surveille ses ennemis, il note tout, du début à la fin, même si les siens meurent ou se font prendre. Il ne fait rien pour changer cela, car le pacte entre le chapeau noir et lui est la chose la plus importante qui soit. Son but est d'avoir le trône et de devenir le pire chapeau noir qui soit, il ne peut pas prendre le risque de sauver les Patouzas qui font leur boulot.

Il est le tueur le plus terrifiant qui soit, il doit agir intelligemment et avec prudence, il a une mission… tuer les cinq frères et faire tomber cette mafia qui commence à déranger son maître. Son travail doit être fait à la perfection, il vit ses meurtres comme un défi, il aime le risque et l'adrénaline, c'est vital pour lui et c'est pour cela qu'il est le pire de tous. Si tout le monde a peur de lui, c'est bien parce qu'il est patient et qu'il n'agit jamais avec impulsivité.

Toute la soirée, Alejandro Gomez scrute Gonzalo Fernozas à l'aide de ses jumelles et de son arme favorite, le sniper. Il doit trancher cinq têtes en l'espace d'une année et, pour cela, il doit posséder les meilleures cartes…

Alejandro Gomez va devenir le nouveau chapeau noir, mais pour que cela arrive, il doit maîtriser ses meurtres les yeux fermés…

REMERCIEMENT

Je tiens à remercier tous ceux qui m'ont aidée en participant, en soutenant et en partageant le projet de **La Famille Pears**.

Votre implication et votre appui me motivent à continuer à écrire et à partager avec vous mes histoires les plus folles.

Merci à tous mes lecteurs qui achètent mes romans de poche partout dans le monde, **tels que : La France, la Belgique, l'Allemagne, l'Espagne, le Canada et les États-Unis.**

Cela me touche énormément.

Facebook : La Famille Pears
TikTok : Smylotou.

Merci.

Dépôt légal : Janvier 2023

www.ingramcontent.com/pod-product-compliance
Lightning Source LLC
LaVergne TN
LVHW010109170826
845678LV00012B/2313

9782960313413